· 2024年度东华大学思想政治教育研究课题资助出版
· 以"大先生"口述史为代表的校史文化资源融入思政教育内涵与路径研究

锦绣东华 春华秋实

——青年学生对话东华"大先生"

主　编：吴小军

副主编：刘维巍　陈维亚

东华大学出版社
·上海·

图书在版编目（CIP）数据

锦绣东华，春华秋实：青年学生对话东华"大先生" / 吴小军主编；刘维巍，陈维亚副主编. -- 上海：东华大学出版社，2025.5. -- ISBN 978-7-5669-2545-9

Ⅰ．I251

中国国家版本馆CIP数据核字第20255P1D98号

锦绣东华，春华秋实——青年学生对话东华"大先生"
JINXIU DONGHUA, CHUNHUA QIUSHI —— QINGNIAN XUESHENG DUIHUA DONGHUA "DA XIANSHENG"

主　编：吴小军
副主编：刘维巍　陈维亚

责任编辑：高路路
版式设计：程远文化
书名题字：顾大俊

出版发行：东华大学出版社（地址：上海市延安西路1882号　邮编：200051）
营销中心：021-62193056　62373056　62379558
天猫旗店：http://dhdx.tmall.com
出版网址：dhupress.dhu.edu.cn
印　　刷：上海盛通时代印刷有限公司

开　　本：710mm×1000mm　1/16　　印张：14　　字数：251千字
版　　次：2025年5月第1版　　印次：2025年5月第1次印刷
书　　号：ISBN 978-7-5669-2545-9　　定价：98.00元

序
PREFACE

传承东华精神，书写锦绣华章

在东华大学建校 70 余年的漫漫征程中，涌现出了一批又一批杰出的教育工作者，他们怀揣着对教育事业的无限热忱与执着追求，以高尚的师德、渊博的学识和卓越的智慧，在教书育人的平凡岗位上书写了一个又一个感人至深、催人奋进的故事，为东华大学的发展贡献了自己的全部力量，也为国家的建设培养了无数优秀的人才。他们，就是东华大学的"好老师"和"大先生"，是东华精神的传承者和践行者，是东华大学最宝贵的财富。

"大先生"们，是知识的传播者，更是精神的引领者。他们用自己的一言一行，诠释着对教育事业的忠诚与热爱。在课堂上，他们以严谨的学术态度、生动的教学方法，将知识的种子播撒在学生的心田，激发学生对知识的渴望和对真理的追求。他们不仅传授专业知识，更注重培养学生的品德、素养和创新能力，引导学生树立正确的世界观、人生观和价值观，帮助学生扣好人生的第一粒纽扣，让学生成长为能够担当民族复兴大任的时代新人。

"大先生"们，是科研的探索者，更是创新的推动者。他们在各自的学科领域里精耕细作，勇攀科学高峰，取得了一系列令人瞩目的科研成果。他们的研究成果不仅推动了学科的发展，更为国家的科技进步和社会发展作出了重要贡献。他们以身作则，带领学生投身科研实践，培养学生的科研兴趣和创新能力，为国家培养了一批又一批高素质的科研人才。他们的科研精神和创新意识，激励着一代又一代的东华人不断前行，为实现中华民族伟大复兴的中国梦贡献智慧和力量。

"大先生"们，是文化的传承者，更是历史的见证者。他们见证了国家从贫穷落后到繁荣富强的巨大变迁；见证了东华大学从建校初期的艰难创业，到如今的蓬勃发展。他们用自己的亲身经历，讲述着东华大学的发展历程，传承着东华大学的优良传统和文化精神。他们以校史为镜，教育学生珍惜来之不易的学习机会，弘扬爱国主义精神，增强民族自豪感和自信心，激发学生为国家的繁荣富强而努力奋斗的决心和勇气。

"大先生"们，是学生的引路人，更是人生的导师。他们关心学生的成长，关注学生的发展，用爱心和耐心去倾听学生的心声，解答学生的疑惑，帮助学生解决学习和生活中的困难。他们以自己的人格魅力和高尚品德，影响着学生，感染着学生，做学生心目中的楷模和榜样。他们用自己的一生，诠释着教师的神圣使命和崇高责任，为学生点亮了人生道路上的明灯，引领学生走向光明的未来。

为了传承和发扬东华精神，讲好老一辈东华人的奋斗故事，在东华大学校党委宣传部的指导下，退休党委联合退休教育工作者协会暨老教授协会，在《东华大学报》、退管会网站、"东华退休之家"微信公众号等平台推出了"锦绣东华，春华秋实"系列老教师个人回忆文集。这些文集记录了38位"大先生"的成长历程、奋斗故事和人生感悟，是东华大学珍贵的历史资料，也是对后辈学子的谆谆教诲和殷切期望。通过这些文集，我们能够深入了解"大先生"们的内心世界，感受他们对教育事业的执着追求和对学生的深情厚爱，从而激励我们在新的时代背景下，继续传承和弘扬东华精神，为东华大学的发展贡献自己的力量。

在此基础上，学校党委教师工作部、档案馆、关工委、团委等部门大力支持，组织青年学生和东华"大先生"面对面、心贴心，真诚交流，坦率对话。这种交流活动不仅为青年学生提供了一个与"大先生"们近距离接触、学习的机会，更有利于激活老同志背后丰富的育人资源，让"大先生"们的人生经历、奋斗精神、高尚情操和精彩故事在新一代东华人中得以传承和延续。通过这种交流，青年学生能够更好地理解"大先生"们的教育理念和人生价值观，从而在自己的学习和生活中加以践行，努力成长为德智体美劳全面发展的社会主义建设者和接班人。

东华大学的发展历程，是一部波澜壮阔的奋斗史诗，也是一曲激昂向上的教育赞歌。"大先生"们用他们的智慧和汗水，为这部史诗和赞歌增添了浓墨重彩的一笔。他们的精神和事迹，将永远激励着东华人不断前行。在新的历史时期，我们要以"大先生"们为榜样，传承和弘扬东华精神，坚定理想信念，努力学习，刻苦钻研，为实现中华民族伟大复兴的中国梦贡献自己的力量。让我们携手共进，砥砺前行，为东华大学的明天更加辉煌而努力奋斗！

东华大学的发展，离不开一代又一代"大先生"们的辛勤付出和无私奉献。他们用自己的一生，诠释了教师的神圣使命和崇高责任，为东华大学的发展奠定了坚实的基础。在未来的日子里，我们相信，东华大学将继续传承和发扬"大先生"们的优良传统和精神风貌，不断开拓创新，勇攀高峰，为国家的教育事业和科技进步作出更大的贡献。让我们共同期待东华大学在新的征程中，续写更加辉煌的篇章，培养出更多优秀的社会主义建设者和接班人，为实现中华民族伟大复兴的中国梦贡献东华力量！

目录
CONTENTS

1. 洪德龄 // 能为自己热爱的事业奋斗倍感幸运 …… 001
2. 冯勋伟 // 扎根针织领域　培养出色人才 …… 010
3. 于修业 // 我是中国人，我应该回国报效我的祖国 …… 013
4. 储才元 // 既是一名纺织材料力学教授，又是一名时尚爱好者 …… 018
5. 周开宇 // 从学生到教师，再到外交官的不平凡旅程 …… 022
6. 黄元庆 // 我们建设一流的设计学科是有扎实基础的 …… 028
7. 吴静芳 // 这种"花"，我把它命名为"丝网花" …… 035
8. 李东平 // 学生的成长成才是我心中的头等大事 …… 041
9. 杨保安 // 探出一条"智能+管理"的新路来 …… 046
10. 戴昌钧 // 为东华，为教育事业尽献余力 …… 050

11. 顾庆良 // 树经世济民之志，传安邦治国之道 …… 054
12. 宋福根 // 为人才培养作出应有的贡献 …… 064
13. 华大年 // 成功不是赢在起跑线，而是赢在转折点 …… 071
14. 闻力生 // 为祖国纺织服装事业健康工作70年 …… 076
15. 王士杰 // 从一名纺织学子成长为自动化、计算机领域教授 …… 083
16. 耿兆丰 // 为服装生产制造智能化转变贡献力量 …… 091
17. 陈家训 // 人生不怕耕耘苦　祖国处处皆沃土 …… 099
18. 邢传鼎 // 1986年我们就有了计算机硕士点 …… 103
19. 乐嘉锦 // 努力做中国数据库领域的"大国工匠" …… 108
20. 郑利民 // 为祖国教育事业，坚守在教学和科研第一线 …… 115

㉑	陈全伦	//	让青年在烛光里看到希望 · · · · · · · · · · · · · 121
㉒	袁琴华	//	让航天人放心飞行太空 · · · · · · · · · · · · · · 126
㉓	陈彦模	//	为祖国纤维材料科技发展接续奋斗 · · · · · · · 131
㉔	刘兆峰	//	为了国家急需的高性能纤维产业化发展 · · · · 137
㉕	韩文爵	//	新材料服务国家航空航天 · · · · · · · · · · · · · 144
㉖	王依民	//	为祖国的化纤科研鞠躬尽瘁 · · · · · · · · · · · · 148
㉗	林绍基	//	我只是中国工业化的建设"小兵" · · · · · · · · 152
㉘	俞保安	//	为人生梦想努力拼搏 · · · · · · · · · · · · · · · · 156
㉙	奚旦立	//	衣被天下东华心 青山绿水环境人 · · · · · · 163
㉚	施介宽	//	从茫茫沙漠到三尺讲台 · · · · · · · · · · · · · · 167
㉛	贺善侃	//	在中国化时代化的马克思主义教坛上不懈耕耘 · · · 172
㉜	李绍宽	//	我最主要的任务就是教书 · · · · · · · · · · · · · 179
㉝	汤毓骏	//	让人入迷的物理人生 · · · · · · · · · · · · · · · · 183
㉞	俞昊旻	//	奋力跟踪理论力学的前沿发展和技术应用 · · 189
㉟	李鸿儒	//	我校开创了上海高校援疆的先河 · · · · · · · · 195
㊱	钱和生	//	爱国奉献、愿做隐姓埋名人 · · · · · · · · · · · · 199
㊲	孟广甫	//	努力钻研,为东华闯出一片新天地 · · · · · · · · 203
㊳	陈政君	//	我对东华的前景充满信心 · · · · · · · · · · · · · 210
	后记		· 215

参与对话的青年学生名单

纺 织 学 院： 张 帅、石宇杰、王 睿
材料科学与工程学院： 曾耀霆、徐若轩、李江田、文 庆
服装与艺术设计学院： 孙怡宁、陆欣悦、蓝敏之、战俊辰、刘梦丹、晁 菁
化 学 与 化 工 学 院： 贾舒涵
环境科学与工程学院： 古丽西拉克·哈尔很
机 械 工 程 学 院： 丁季恒、徐 硕
人 文 学 院： 陈怡雯、丁浩洋、史媛媛、傅洁怡、万嫣然
上海国际时尚设计学院： 张斯唯
数 学 与 统 计 学 院： 陈柏君
信息科学与技术学院： 张博弘
旭日工商管理学院： 武子豪、王小云、吴 滢、徐英喆、黄心洋

洪德龄：能为自己热爱的事业奋斗倍感幸运

姓名：洪德龄
学院部门：纺织学院
出生年月：1931 年 12 月
退休时间：1995 年 2 月

曲折坎坷的人生

大家好，我是洪德龄。1931 年，我出生在上海松江的一个普通家庭。幼年时，我失去了父亲，生活由姐姐供养。1947 年，姐姐嫁给了国民党军官，全家准备移民台湾，但我看到了国民党政府的贪污和腐败，决定只身留在上海。我坚信，只有共产党才能救中国，只有共产党才能领导中国人民走向胜利，并立志成为一名共产党人。

我的职业生涯始于 1945 年，当时我在松江明锠铁工厂工作，那时我还是个孩子，对机械和工程充满了好奇。1949 年，我经考核进入经纬纺织机械厂，跟随高级工程师做学徒，开始了我与纺织机械的不解之缘。1953 至 1976 年，我在上海第一纺织机械厂工作，积累了丰富的生产实践经验，不断革新技术，成为八级钳工，为企业攻克了许多生产关键问题。1957 年，我发明了车床光学投影仪；1959 年，我发明了万能刻模机。之后，我研制成功了多工位造型浇铸

生产流水线，推动了铸造业的现代化发展。1959年，我被评选为上海市先进生产者；1960年，我晋升为工程师，并在上海第二工业大学机械制造工艺设备专业学习。

在上海第一纺织机械厂的岁月里，我几乎每天都在与机器打交道，我的生活与工作密不可分。我深知，作为一名技术人员，只有不断学习和实践，才能跟上时代的步伐。我在工作中不断探索，勇于创新，这让我在技术上取得了一些成就。我始终认为，技术的进步是推动社会进步的重要力量，而我愿意成为这股力量的一部分。

1976至1984年，我在上海市毛麻纺织科学研究所从事纺织机械科研工作，1985年荣获"国家科学技术进步奖"。

1987至1994年，我任职于中国纺织大学（现东华大学），在实验室带领青年教师和硕士生开展科研项目，获得了包括"多台交流异步电机的同步传动装置"在内的六项中华人民共和国发明专利。我的名字也被载入"国家级科技成果研制功臣名录"。

在我的科研生涯中，我始终全身心地投入祖国的现代化建设。即使在面临入党的困难和历史问题时，我也从未放弃。1983年，我终于加入了中国共产党。我的每一本笔记本扉页上，都抄着一段话："无数的革命先烈，他们为了人民的利益牺牲了他们的生命，使我们活着的人想起来难过，难道我们活着的人，还有什么个人利益吗？"我对自己说，我受的委屈没有什么大不了的，比起那些牺牲生命的革命先烈，能为自己热爱的事业奋斗一辈子，已经太幸运了，因此什么都不必计较。

从"差生"到以优异的成绩毕业

在我的学习生涯中，我曾是一个"差生"。1960年，我进入上海第二工业大学学习，尽管只有小学基础，但我有着惊人的动手能力。在学校，我得到了

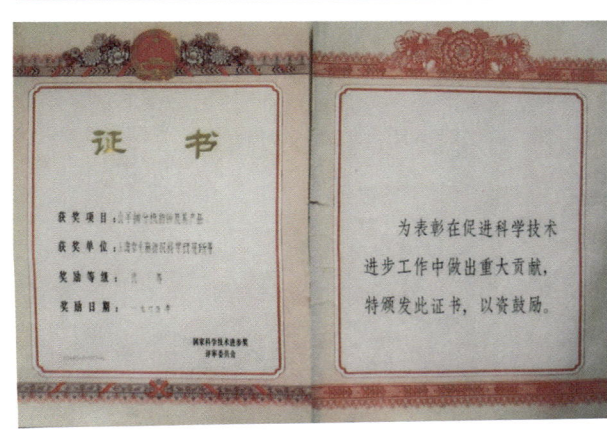

老师和同学的帮助，最终以优异的成绩毕业。我深信，笨与聪明的区别在于是否努力。努力了，掌握了技术，学精通了，就变聪明了。我对我的数学老师叶梅棠先生念念不忘。叶老师不仅课上得通俗易懂，也很善于把握学生心理，会根据学生的薄弱环节对症下药。当时，我的数学一直跟不上，叶老师不仅留下来单独给我开小灶，还常常鼓励我："只要比别人多花功夫，多花力气，同样能学好。"为尽快跟上大家的进度，我白天上大学，晚上补初中、高中数学，常常自学到深夜。同时，由于学校同学多是厂里的技术骨干，在单位里技术上遇到任何问题，他们都会到学校来交流讨论，甚至星期天约好到某个同学单位里一起讨论解决。待到毕业答辩的时候，我的毕业论文在公开答辩中得了5分，来自上海交通大学的评委老师说，论文中只要有所创新都可以得5分，而我的论文，几乎通篇都是创新，应该是当之无愧的5分！

大学时期的学习让我有很大的收获。尤其在专业知识理论方面，接受了系统的学习后，我在工作中更有底气，后来搞发明创造时，有了理论的支持，可以精确计算！从入学时的差生到以如此优异的成绩毕业，很多人都说我聪明，有天赋。但我本人却从不这样认为。在我看来，笨与聪明的区别，关键在于是否努力。

绘就精彩人生

在工作中，我是一个"工作狂"。1958年，我接到了紧急任务，要在一个月内完成对合成纤维长丝纺丝机的攻关。我夜以继日地工作，连续28天每天只睡2个小时，最后为了调试机器，我一连104小时没睡觉。我始终心无杂念，没想过要得到任何利益或回报，心里唯一的信念是，作为中国人，我们要努力设计自己的机器，掌握技术的核心，不依赖外国进口，使国家真正富强起来。1959年，我研发了万能刻模机，将复杂的手工制作改为机械化制作，使生产率成数十倍提高。

1960年，我荣获"上海市劳模"称号。四年大学时光，我系统地学习了理论知识，开始了机械设计生涯。后来，我自己开厂，工厂里的机器都由我自己设计，并不断地优化和改造，我还远赴澳大利亚做科研指导。

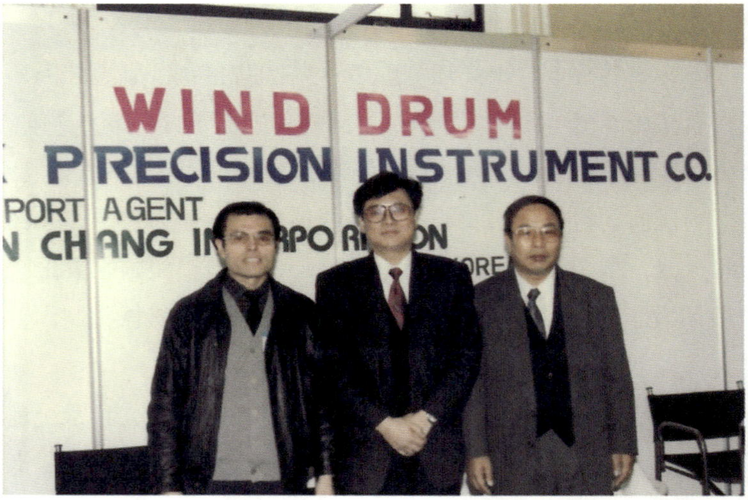

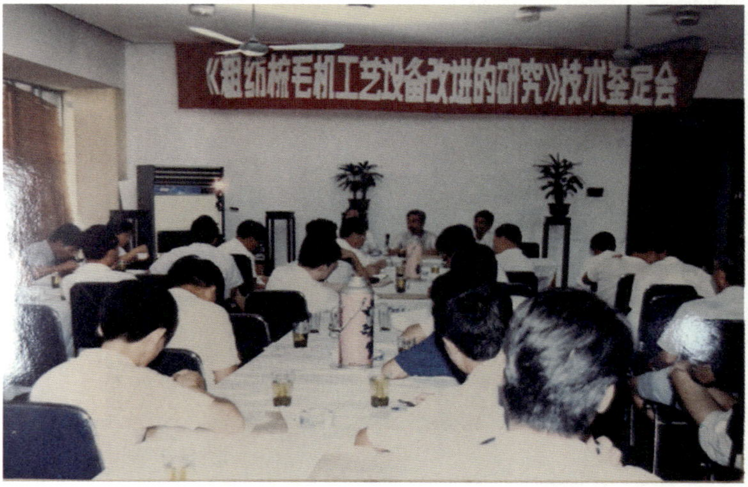

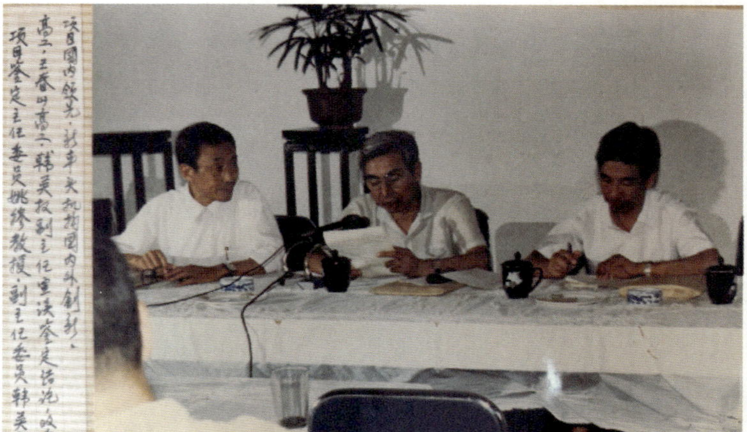

1985年，我投入山羊绒分梳纺纱设备研究项目，在熟悉研究这个项目的过程中，淘汰了很多书本知识，最终发表了相关论文，成了那个领域的专家。也因此获得"国家科技进步二等奖"。

坚持自己的梦想和追求

在工作中，我是绝对的完美主义者。只要还有改进的空间，我绝不会放弃任何细节。"书本上的东西往往是落后的。在尊重专家意见的同时，必须敏锐发现问题，大胆提出疑问，仔细分析思考，并想方设法改进，这样出来的成果才是最先进的。"我觉得很多时候经验主义是个误区，经验有用，但未必能解决实际问题，仍然需要自己探索和研究。

我至今保留了当年设计的部分图纸，有单个零件的，也有整部机器的，很多都是我当年呕心沥血的成果，经过多次的研究和改进。图纸之多，机器零件构造之复杂，让人叹为观止。对我来说，搞机械设计，就是我生命中的一部分，在这个领域中，我永不满足。

尽管经历了许多坎坷，但我始终保持着坚定的信念和对生活的热情。我活到老学到老，发现问题、钻研问题、解决问题贯穿了我的工作和生活。我的人生或许能给今天的青年人一些启示：无论遇到什么困难，都要保持乐观豁达的态度，坚持自己的梦想和追求。

这就是我，一个纺织机械行业的发明家，一个永不满足的机械设计者，一个生活中的艺术家，我用我的态度和行动，描绘出自己最辉煌、最美丽的人生画卷。

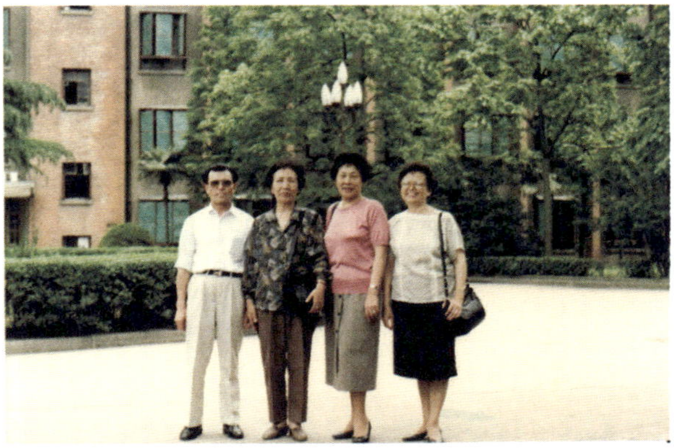

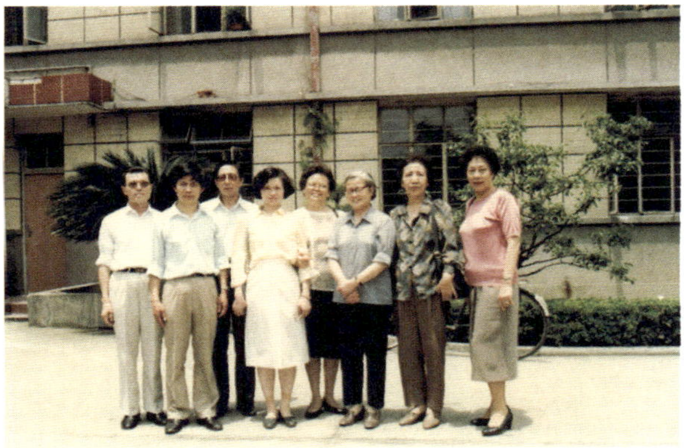

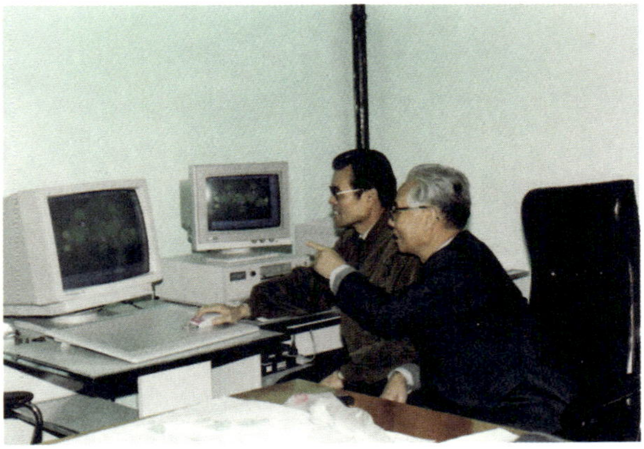

冯勋伟：扎根针织领域 培养出色人才

姓名：冯勋伟
学院部门：纺织学院
出生年月：1936 年 11 月
退休时间：2006 年 11 月

我 1936 年 11 月出生于浙江宁波，1961 年华东纺织工学院纺织系本科毕业，1965 年华东纺织工学院纺织工程系研究生毕业，毕业后留校，专注针织专业的教学和科研，1976 年加入中国共产党，后逐渐成长为针织工程学科教授、博士生导师。我在职时曾担任中国纺织大学纺织二系主任、纺织工业部针织专业教育委员会主任委员。

国外学习开阔视野

1982 年，我在国家留学基金委的支持下和另一位老师一起赴英国利兹大学做了两年的访问学者，作为学校派到利兹大学访学的第一批学者，我能明显感受到当时国内外纺织专业和产业的巨大差距，两年访学主要以理论学习为主，也使我结识了当时纺织领域的不少知名研究者，开拓了国际视野。回国后，我继续担任系主任，学校也开始不断派出访外学者，在理论引进和融合适应教学的过程中，我能感觉到在专业上的国内外差距在慢慢缩小，到现在一些领域已经能够在国际领先了。这也证实了工业发展与国际交流学习对于相关学科和行业发展的重要性。

投身针织科研教学

作为我国首批针织技术研究人员，我的主要研究方向为针织新工艺新技术、针织物舒适性能研究，我曾承担原国家经贸委创新项目"细旦涤纶针织物编织工艺研究""大豆蛋白纤维针织物编织工艺研究"等，研究成果为"针织骨架复合材料研究""双针床保暖织物研究""双针床经编机编织工艺""针织骨架增强材料研究""细旦涤棉、涤麻产品开发"等，共参与发表核心期刊论文80余篇。我主审了"十二五"普通高等教育本科国家级规划教材《针织学（第2版）》，主编了《针织工程手册：纬编分册（第2版）》，教材主要介绍了纬编针织与针织物的基本知识、圆形纬编、平形纬编和袜类的原料与产品、生产工艺、织造与准备设备、辅助与检测装置、主要工艺参数与技术经济指标、车间生产条件等，供针织工业的广大工程技术与科研人员及技术工人、针织贸易从业人员、大专院校师生、工商企业管理人员等查阅参考。

我的学生现在大部分在企业中从事纺织行业，也有继续在高校中传承培育纺织人才的，其中我的学生李炜，是我指导的我国针织工程第一个博士，现在已经是东华大学纺织学院针织系教授，博士生导师并担任副校长，工作和科研成果都非常出色。上海工程技术大学宋晓霞教授也是我曾经的学生，在服装舒适性和功能基础上的数字化针织织造技术和传承文明的手工编织技术的结合研究中做了不少工作。

在我看来，我没有做过什么大项目，也没有获得过什么大奖，但我扎根在针织结构领域，始终服务于针织工程的教学和科研，也是我自豪的一件事，希望国家和学校能继续重视纺织人才的培养，为我国纺织行业的蓬勃发展提供持续动力。

寄语青年学子

我们这个年代的人，经历了国家发展的困难时期，从20世纪60年代初，个人口粮定量就开始全面压缩，各地饮食业实行凭票用餐，食油、禽、蛋、肉等严格限量供应。国家当时对我们教师给予了足够的关心，我参加工作后的第一个月工资是58元5角，主要就是满足最基本的生存需要，不讲究什么生活质量，生活都很节省，每月大概还有个10块钱的节余吧。我记得把第一个月工资中节省下来的10元钱换了几十斤上海市的粮票，就这样养活了一家人。

我们现在的青年学生成长在国家富强的美好时代，希望大家多加珍惜，争取在学业上取得好的成绩，国家发展需要有更多的科技突破，期待同学们秉承报国之心，作出一些贡献，成为国家需要的出色人才！

于修业：我是中国人，我应该回国报效我的祖国

姓名： 于修业
学院部门： 纺织学院
出生年月： 1937 年 2 月
退休时间： 2000 年 10 月

我是于修业，1937 年 2 月出生于山东的一个贫困的农村家庭。我从小在农村上学，一直到读完高中，后来考入华东纺织工学院纺织专业。1966 年我从华纺毕业后留校工作，后来被国家两次公派到美国北卡罗来纳州立大学做访问学者，前后在美国学习和工作了六年。1984 年回国后，我一直在学校纺织系（纺织学院）工作，直到 2000 年光荣退休。

放弃留美回国工作

我赶上了国家改革开放的好时机，1978 年，国家第一次集中派出 81 人前往美国学习，我便是其中一个，被派到北卡罗来纳州立大学。去美国之前教育部先培训我们的英语能力，我们先在中山大学学习英语一年多，然后前往美国。这次大规模派遣留学生赴美国学习这件事轰动了美国各界，美国人刚开始以为中国派出这么多人来学习，都很紧张和警惕，后来却发现我们一个个天天待在实验室埋头学习，于是逐渐放松下来，也对我们产生了敬意。

在美国待了四年后，指导教授想让我以后继续留在美国发展，年轻的我动心了，甚至连全家的移民手续都快办好了，但最终我还是没有留。这么多年来，我从没有后悔过当时回国工作的决定，因为我是一名中国人，我应该回来报效我的祖国。

深耕新型纺纱领域

1984年回国后，我一直在纺织系工作，从纺织教研室主任做到纺织系主任。当时的纺织系就在现今的上海纺织服饰博物馆，我的办公室在二楼。我所在的纺纱教研室，主要从事新型纺纱的工作，包括喷气纺、涡流纺、转杯纺等，同时作为研究生导师，我带学生做课题、写论文。喷气纺纱技术与工艺是我承担的国家级科研项目，也是我多年来主攻的研究方向。

我与王善元教授共同编著《新型纺织纱线》一书，综合介绍了各种新型纺织纱线的成纱原理、方法、工艺及成纱结构、性能和应用等。

其实，最初我的英语底子很差，对纺纱也并不感兴趣，但是后来我在工作中慢慢改变了想法并开始刻苦学习英语，出版了一些关于纺纱的中英文教材和书籍。其中《新型纺织纱线》英文版获得了国家科学技术学术著作出版基金资助，是我们东华大学出版社负责出版的第一本纺织专业英文图书。

我把自己完全投入在工作中，我想这是我的责任，我也想把自己的故事讲给学生听，让他们有信心。我们培养的许多学生都很出色，他们毕业后都在自己的专业领域上为国家建设贡献着自己的力量。

锦绣东华 春华秋实——青年学生对话东华「大先生」

热烈欢迎纺织界专家领导莅临指导！

YG137 电容式条干均匀度仪
YG061Z 全自动单纱强力仪
科技成果鉴定纪念
2004.09.26

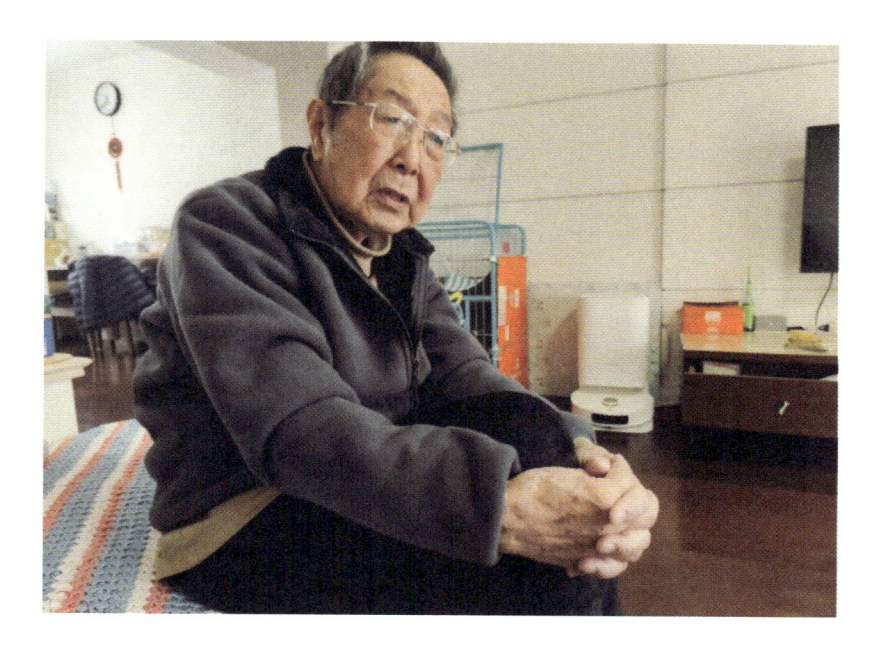

自身经历寄语新时代青年

我是一名从农村出来的学生，父母大字不识一个，但是我还是靠自己的勤奋和努力逆天改命，相信你们也可以靠自己拼出一片天地。

现在，我们东华大学在纺织、材料这些领域的实力已经很强了，学校也在向着世界一流大学的目标努力。我希望同学们有机会应该去国外看看，开阔视野，有利于自己未来的发展，也有利于我们国家的科技进步。

④ 储才元：既是一名纺织材料力学教授，又是一名时尚爱好者

姓名： 储才元
学院部门： 纺织学院
出生年月： 1937 年 3 月
退休时间： 2001 年 9 月

在校学习工作摘要回顾

我自 1957 年 9 月从江苏省常州高级中学考入上海华东纺织工学院（现东华大学），在纺织系纺织材料专业学习，成为了严灏景教授的硕士研究生，严教授是新中国纺织材料学科的奠基人，曾经被英国纺织学会授予"瓦纳"纪念奖章。我毕业后留校，在纺织材料教研组工作，担任纺织材料专业大学生的纺织材料学教学工作，直到 1965 年 9 月，担任纺织材料专业研究生的纤维力学和纱布力学的教学工作。

一点成绩

东华大学在 1957 年时名为华东纺织工学院，全校只有纺织系、机械系和纺化系。每个系的专业设置也不多，原纺织系中只有棉纺、机织、纺材、绢纺和针织几个专业，纺织系的系副主任严灏景教授是我的研究生导师，在他的培

养下，我在工作中教学与科研双不负，专业的中文、外文资料学得很多，并进行了纺织材料动态力学性能的科研和教学工作，同时编写了纤维力学和纱布力学教材，在西北纺织工学院举办的全国纺织材料动态力学性质研究班中作了纺织材料学中动态力学性质的教学讲课。

20世纪以来，纺织材料在诸多方面有了飞速的发展，这不仅体现在构成纺织材料基础的纤维及其加工方法的不断进步，而且表现在纤维制品及其用途的迅猛扩展。作为纤维材料本身，从原来的天然纤维的再生利用和一般合成纤维，到20世纪后半叶开始的纤维改性处理，差别化、功能化和高性能纤维的开发与应用，乃至近年来的智能化和仿生学纤维材料的研制，使人们原来概念中的纤维，发生了很大的变化。作为纤维制品的加工，由原来传统的纺纱织布，发展到成网固着的非织造加工、复合层叠和三维编织的特殊复合材料，以及无污染、无破坏的清洁化纺、织、染、整加工处理，使纺织材料的用途和比例发生了巨大变化。纺织材料的概念绝非仅限于以往的穿衣问题，而是各种工程和技术用、装饰和防护用、医用乃至人体器官替代材料，以及航天、航空、运输和动力传递器械与构件等的基本或直接用材。相应地，人们对纤维及其制品的结构、性质、成形及其间相互关系的认识和研究，也有了诸多进展和突破，并成为纺织材料工业和技术发展的支柱与基础。

《纺织物理》是纺织工程、纺织材料与纺织品设计、针织工程和服装工程硕士研究生的专业基础课，自1982年以来，一直采用讲义进行教学。由于原有的讲义大都为外文专著和文献资料的组合，给研究生专业基础教学和学习带来许多不便。该课程经过近三十年的教学实践与积累，教学内容已与原讲义有较大差异。在严灏景先生的关心下，我和于伟东教授、俞建勇教授一起，在集众多文献、专著、教学实践和理论研究的基础上，通过3年的努力，于2001年10月完成了纺织材料结构和物理性能的系统介绍与描述，重点对纤维结构理论及发展、纤维各项物理性质和表面性质、纱线结构理论和性质、织物结构、

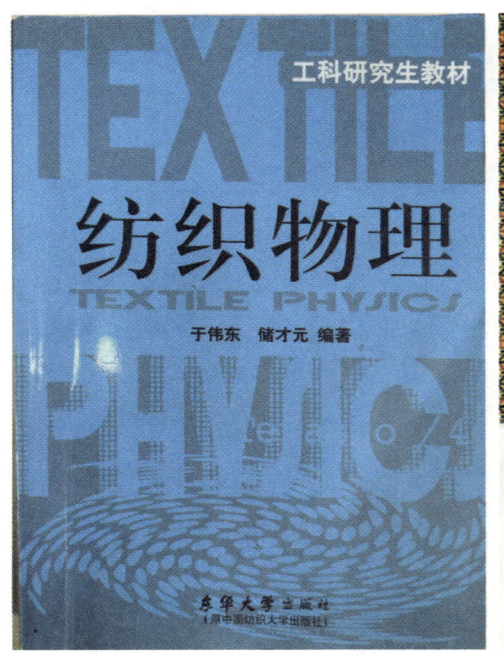

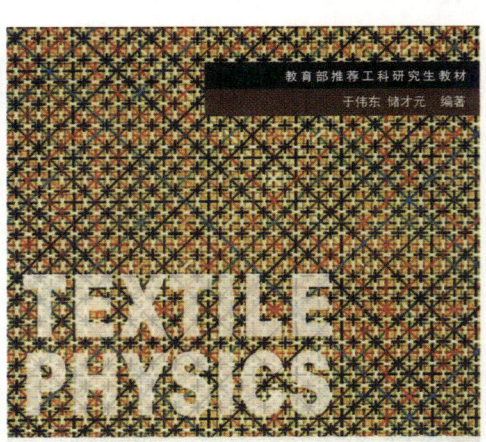

织物手感风格与织物结构和性质的关系、织物的舒适性等基本概念和内容进行了详细的阐述，并提供了相关的参考文献和列出了可供进一步阅读的一般参考书。该书出版后，在多所高校的纺织专业研究生教学中得到广泛使用。之后，根据需要，该教材于2009年7月又出版一次。

退休生活

2001年9月退休。退休后，我被聘为东华大学教学巡视员，直至2013年结束。

原华东纺织工学院对学生的教育培养，从学校各级领导和各自任课老师都很认真负责。经过大学的培养，学生的收获很大，希望现在东华大学的所有在职各级领导和教师继续保持这种优良的办学精神。

5

周开宇：从学生到教师，再到外交官的不平凡旅程

姓名：周开宇
学院部门：纺织学院
出生年月：1942 年 8 月
退休时间：2002 年 9 月

求学与职业生涯

我是周开宇，1962 年高考我被录取到华东纺织工学院棉纺专业，学制 5 年，后来由于"文化大革命"的影响，我们延迟到 1968 年分配。我被分配到四川省达州地区棉麻公司工作，工作与达州棉纺织厂关系密切。"文化大革命"结束后，我决定继续深造。1979 年我考取了华纺的棉纺专业研究生，师从沈天飞教授。1982 年研究生毕业留校工作。

工作期间，我既做过任课教师，又担任过设备处处长、图书馆馆长、纺织学院院长，还被科技部借调，担任科技外交官，在驻外大使馆工作直至退休。

使用世界银行资金改善学校实验条件

1982 年，我留校在棉纺教研组开始我的教学和科研生涯。1983 年，我被学校派到北京，在国家教委代表学校参与世界银行贷款第二个大学发展项目的准备工作，目的是为我校争取资金来加强有关学科的建设。

在京期间，我主要参加各子项目单位的可行性报告的评估，参加专家评估组到部分子项目单位进行现场评估，参与采购仪器设备的英文标书的编写、修改、审定工作等。

1985年，我回到学校。4月，学校成立设备处，我担任处长。设备处是主管全校实验室管理工作和教育科研仪器设备及器材的采购、供应、服务工作的职能机构。同时，我还给纺织系学生上课，行政和教学双肩挑，准备今后回纺织系教学。

1986年，经纺织部同意，国家教委批准，学校成为世界银行贷款第二个大学发展项目的子项目单位之一。国家教委给予我校430万美元，用于加强学科建设，提高教育和科研水平。

1986年，学校成立了世界银行贷款办公室，设在设备处。主任是周永元校长，我担任副主任。1990年底，该项目结束。这期间，学校安排377.1万美元用于购买国内外先进仪器设备，更新充实了化纤、纺织、染整等3个重点学科和测试中心等实验室仪器设备，还充实了教材科、电教中心、语言实验室等。此外，还聘请外国专家来校讲学，派出人员出国培训、交流等。这期间，我去英国利兹大学纺织系当了7个月的访问学者，充实了我的专业和英语知识。

1990年7月，我被科技部借调前往驻意大利大使馆科技处工作，从而离开了设备处。

担任图书馆馆长和纺织学院院长

1994年11月，我从意大利回国。当时，学校正在筹备"211工程"部门预审。因老馆长即将退休，要我去图书馆充实领导班子，于是我去了图书馆工作，先后担任了副馆长、馆长。

图书馆是学校办学的三大支柱之一，是学生的第二课堂。图书馆的工作人员应当树立为教育科研服务、为师生服务的思想。我特别注重情报服务工作，组织编辑出版《纺织信息》（半月刊），供校内人员参考，参加了全国和上海市高校图书情报工作委员会、纺织高校图书情报工作委员会的工作等。

1996年6月，学校决定把纺织一系和纺织二系合并，成立纺织学院，党委要调我去当院长，我因能力不够而推辞。但作为一名党员，我只有服从组织安排。这时，科技部又派人来校要借调我去我驻印尼使馆任科技组组长。最后，学校同意借调，但要延迟一段时间，要我先把学院的工作安排好。这是我职业生涯中的一个新挑战，纺织学院是我校第一个成立的学院，我作为第一任院长，尽管只任职了一年，但那是一段非常宝贵的经历。在任期间，我努力工作，尽量为学院今后的建设和发展打好基础，但我离任后，总感到自己任职时间太短，对不起纺织学院。

两任外交官生涯

1989年，由校党委推荐，我去北京参加了科技部几场驻外人员考试后，被录取为驻外预备人员，等驻外的科技外交官任满，再去接替，这样我就当了两任科技外交官，分别为：1990年7月到1994年11月在我驻意大利大使馆，1997年7月到2002年11月在我驻印度尼西亚大使馆。

科技外交官的基本素质是忠于祖国、懂科技、广交朋友、遵守法律。我们的工作就是促进与驻在国的双边科技合作与交流，以及与设在驻在国的国际科技组织的多边科技合作与交流。

意大利的国际科技组织主要是第三世界科学院，印尼的国际科技组织主要是东盟的有关机构。具体地说，就是为国内研究机构，如中国科学院、国家自然科学基金委员会、有关部、委、省的研究机构、高校等，与国外合作伙伴直接联系，促进政府间和民间科技合作协议的签订和执行；还要通过调研、联系、谈判、访问、参观展览会、参加国际会议等，向国内介绍驻在国的科技情况，推荐科技合作项目，接待、陪同国内科技代表团访问。

在当时我国科技界的领导中，我与中国科学院卢嘉锡院长、周光召院长等接触比较多，还接待过国家科委主任宋健、国家自然科学基金委员会主任张存浩、国家科委副主任邓楠等。

在驻外期间，我有幸参加了接待我国党和国家领导人的到访活动，接待过的领导有胡锦涛、李鹏、朱镕基、李铁映、迟浩田、唐家璇等。这些经历不仅让我见证了这些重大的外交事件，也让我为能够服务国家领导人而感到自豪。

2002年退休后，我积极参加纺织学院关心下一代工作委员会和退休教育工作者协会的活动，长期担任纺织学院关工委常务副主任和退教协分会会长，把老同志组织起来，与青年教师和学生交朋友。

如今，我已退休20多年了，回忆起我的学习、工作经历，我要衷心感谢党的教育和培养，感谢同志们的支持和帮助，我将永远不忘！

6

黄元庆：我们建设一流的设计学科是有扎实基础的

姓名：黄元庆
学院部门：服装与艺术设计学院
出生年月：1942 年 9 月
退休时间：2002 年 10 月

我是黄元庆，服装与艺术设计学院的一名退休教师。在我 40 多年的教育和职业生涯中，亲身经历了纺织和服装设计行业的发展与变迁，见证了我们服装与艺术设计学院的茁壮成长。

成为一名全国优秀服装设计师

我的故事始于 1964 年，当时我从南京艺术学院毕业后，被分配到上海第三印染厂工作。在那里，我从事图案设计，包括服装面料、室内装饰等，工作得到了认可，我获得了全国图案设计一等奖，并被评为全国优秀设计师。这段经历不仅锻炼了我的专业技能，也坚定了我对艺术设计的热情。"文化大革命"期间，我坚持我的专业工作，并没有中断创作。1978 年，我加入了中国共产党，这是我政治生涯的一个重要时刻。1980 年我调入上海纺织局产品研究室。

1983 年，我作为中国代表参与了巴黎国际流行色协会的活动，受纺织工业部的推荐，成为该协会的中国首任代表，三次赴法参加年会。

投身服装设计教育事业

1984年,我调入华东纺织工学院(现东华大学),开始了我的教育生涯。那时,东华大学的服装学院还没有正式成立,我参与了学院的筹备工作,服装学院于1993年正式成立,是全国高校中最早成立的二级服装学院。我不仅教授艺术设计,还参与了多项重要的教育项目,我曾被国家教委选中,参加负责制定艺术类考试的考核标准,这是一项极具挑战的任务,我提出了以色彩构成和现代感为考核重点,这一提议得到了广泛认可。

我还参与了国际交流项目,扩大了学校的国际影响,推动了中国服装设计教育参与全球合作中。1991年,我被韩国《世界设计》列为卓有成就设计家。1999年,我们服装学院加入国际时装院校联盟(IFFTI)并作为中国大陆地区成员代表参加了首次年会。

锦绣东华 春华秋实——青年学生对话东华「大先生」

我主编出版了《服装色彩学》《色彩构成》《钢笔画表现技法》《印染图案艺术设计》等20多本教材，后经学校推荐担任上海市高校美术高级职称评委会成员、上海市美术家协会设计及水彩组成员。

我们培养了一大批在服装、设计领域的知名校友。我担任工美89级班主任时的学生叶寿增创办了之禾时装品牌，他的夫人陶晓马是我指导的硕士研究生。他们夫妇重视并反哺母校的教学科研，推动和发展丰富多样的校企合作项目，近几年与母校合作设立了"东华大学MFA上海之禾时尚实业（集团）有限公司联合培养实践基地""东华大学创意服装设计学科发展教学基金""东华大学之禾卡纷教育基金"等，其企业先后聘用了百余位东华学子。

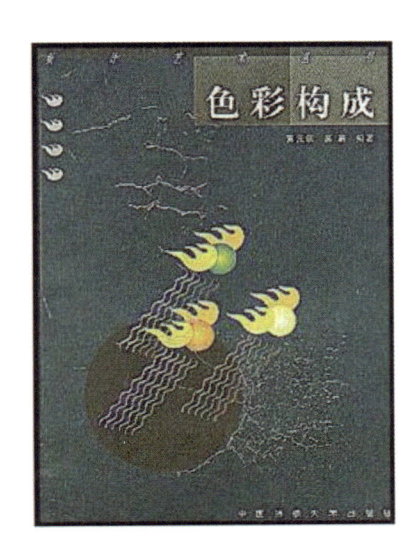

在服装学院初创期间，我于1997—2000年担任了学院副院长，我的工作得到了学校和社会的认可，我获得了学校和上级部门颁发的不少奖项，这是对我在艺术设计教育领域贡献的认可。

教育与艺术，一辈子的追求

2002年退休后，我依然关注着服装学院的发展，继续在学院组织的高级时装进修班任教，也举办了两次画展，丰富了校园文化。我看到学校在某些方面取得了进步，但也面临着挑战，希望学校能够继续保持其在纺织和服装设计领域的领先地位，并为学生提供更多的实践机会。

我对自己的职业生涯感到自豪，我见证了中国服装设计教育的成长，也为能够为学院发展贡献自己的力量感到荣幸，我们东华大学建设一流的服装设计学科是有扎实基础的。现在，我期待着服装学院能够继续培养出更多优秀的设计师，为中国乃至世界的时尚产业作出贡献。

黄元庆：我们建设一流的设计学科是有扎实基础的

寄语青年学生

对当今同学们要说的话很多，就写到这页信札上吧！

被同学采访发言提纲

1. 要有扎实的专业基础，在校时应苦练基本功。
2. 修养要全面（包括中外文及其他文化修养），争取做到一专多能的多面手。
3. 敢于担当，迎接挑战，努力完成困难的任务。
4. 做人要正派，有正义感，勇于抱打不平。

董芃岚 2024.10

7

吴静芳：这种"花"，我把它命名为"丝网花"

姓名： 吴静芳
学院部门： 服装与艺术设计学院
出生年月： 1945 年 7 月
退休时间： 2005 年 7 月

1966 年，我毕业于无锡轻工业学院轻工业产品造型美术设计系，后留校任教。1981 年，我作为国家首批公派出国学习工业设计的教师赴日本筑波大学研修工业设计。其间我历任无锡轻工业学院产品造型设计教研室副主任、工业设计系副主任。1988 年调入中国纺织大学任教，在学校工作了 18 年，直至 2005 年退休。

倡导设计专业教育新理念

刚到中国纺织大学工作，整个国家都在发展的初步阶段，我们的办学条件还比较差，但当时校领导高瞻远瞩，非常注重师资方面的"走出去，请进来"。在一些社会力量的支持下，我成为了学校第一批公派赴日留学生，并在学习日本服饰文化的过程中逐渐清晰了自己的学习方向。日本文化服装学院和我们的教学模式和观念是不一样的，他们注重实际和实用。有差别的教学理念交流学习对我们学院后来的教育发展是有很大的影响的。我参与了完善服装艺术设计课程教学体系和视觉传达设计、环境艺术设计以及工业设计等各艺术设计专业的筹建工作，倡导对设计专业学生进行理论与实践并重的教学模式，着力培养设计专业学生手脑并用的思维模式及其能力，力求避免和克服设计"纸上谈兵"。我的教育重点是对学生进行设计人格方面的培养，无论是课堂作业还是课外实习，"既要有丰富的想象力又要有出色的表现力"，鼓励学生的独创精神，勇于挑战和颠覆旧的审美局限，树立新时尚新风格，期望"用艺术设计的时尚之美服务大家"。

△ 聘请国外著名基础设计教育专家讲学

△ 筑波大学与王明旨教授共同研习设计教育

△ 法国巴黎传播丝网花技艺

△ 在上大美院推广朝仓直巳基础造型教育体系（左至右：杨艾强、任意、朝仓直巳、朝仓夫人、吴静芳）

推广发展"丝网花"工艺

当时，学院安排我负责与日本相关教育机构开展设计文化的教学交流。我记得那时有一位60多岁的教授，每年都要来我们学校两次。这位教授不仅负责课堂教学，还把自己在日本学校里的教学成果带来，分享自己获奖作品的制作过程，还会用发布会的形式来举办，同学们受益匪浅。当时社会上"服装设计"这个概念刚刚萌生，东华的师生们是第一次在校园内看到这样的时尚概念，很是激动。他们夫妇两人年纪都很大，但也不辞劳苦，多次往返我们服装系开展相关的活动，对每次活动都很重视，老先生还采用当时最新的手工艺给我专门做了一套服装，令我印象最深刻的是那套服装配的肩花，特别精致。我是教服饰配件设计的，第一次看到那么精致的肩花，让我印象深刻，从此我就暗自想以后要去日本学习这个技术。

从日本学习归来，我把新出的"花"的工艺带了回来，后面我给它命名为"丝网花"。丝网花是尼龙丝网做的，在光线下能散发光芒。1995 年，我首次将丝网花艺术引入本科及硕士生教育中，设置了丝网花服饰专题，并在上海国际文化服装节上，展示了我们丝网花的教学成果。后来，有工厂让我去给他们的员工培训制作丝网花的技术。1999 年，东华大学老年大学成立并开办了中国第一个丝网花艺术班。我为大家提供创意，大家一起齐心协力做丝网花。引导大家不断开发研制新材料和新工具，不断推出新工艺和新方法，不断创造新品种和新风格。后来东华老年大学丝网花课程，也被上海市老年教育工作小组办公室授予"精品课程"，因此我觉得我的丝网花作品其实也是大家共同努力的成果。那时候发展得特别快，我出了二十几本关于现代设计和丝网花艺术的书。2010 年上海世博会的时候，我们做了两米大的丝网花作品，这个作品表达的是上海滩莺歌燕舞、万紫千红的情形。

通过制作录像存档供后人学习研究，筹办展览会、陈列馆向大众推广，作为学生第二课堂、课外兴趣小组活动向后辈普及，开发适应市场需求的旅游纪念品等谋求文化、经济双丰收，都是延续传统手工艺术生命的方式。我一直希望通过努力，能为我国新兴民间手工艺术的创建作贡献。

锦绣东华 春华秋实——青年学生对话东华"大先生"

2008年起，我开设了博客，发布各类丝网花的详细制作方法和背景资料，记录每一次的展示推广活动，介绍丝网花手工艺者和创业者的情况。从延边朝鲜族自治州到云南普洱，全国各地的网友纷纷留言关切。丝网花随着为救助患病失学儿童、为抢救保护非物质文化遗产、为抢救民间艺术开展的一次次义卖活动，走向全国乃至世界各地。在中法文化年巴黎"上海周"上，受到巴黎市民侨民，及英、德、奥地利等国游客的热烈欢迎和赞扬，游客们惊叹于"平凡的丝网材料"与"高贵典雅的装饰品"之间的快速转变。丝网花艺术已经发展成为深受老百姓喜爱的，量和质的发展均相得益彰的手工艺术。我也被授予中国工业设计协会终身荣誉奖等诸多奖项。

脚踏实地耕耘教育

我喜欢默默无闻做工作，这辈子选择了教育这个行业，就是想把自己的工作踏踏实实做好。退休后我也一直坚持在教学岗位上，东华老年大学需要艺术教育，我也总是很乐意去教学，哪怕我现在已经79岁了。2022年，我获得了

国际设计教育成就奖，这个奖项来得很突然，最初收到短信通知的时候，我还以为是假的！一开始我会觉得把这个奖颁给我并不合适，因为我已经退休了。后来，组委会说虽然我工作低调，但切实有效。丝网花在很多人眼里可能并没有太高的难度，但他们觉得我在丝网花上的贡献是对人类和历史有意义的，至少让丝网花制作的工艺传播开了，最后在与组委会的沟通下，我接受了这个奖项。

作为教师，衷心为人民，报答人民是我的初衷。因为家庭原因，我选择了成为一名教师。一开始我会有一些害怕教学，站在讲台上，连讲话的声音都会抖。但是既然我选了这个工作，我就认认真真做。慢慢地，我自己的心态从害怕转变到不害怕。从初始的本科教学到后来研究生教学，到后来有人请我到外面去讲学，说明了我教学能力和教学水平的提升，能够胜任教育这份工作。我已经选择了成为教师，做育人的工作，那我就"择一事，终一生"。我此生唯一的愿望就是踏踏实实做好本职工作，报效祖国和人民！

从人生的角度来说，我坚信人的一生就是当你从事了一样工作，你就要认认真真地去对待。只要你够努力，你愿意花时间，那就会有一定的回报。就像我一样，选择了做教师，我就认认真真做好我的事情。机会是留给有准备的人的，机会不是偶遇的，是你自己去寻找到的，活一天，你就要像样地做一天的事情。

李东平：学生的成长成才是我心中的头等大事

姓名：李东平
学院部门：服装与艺术设计学院
出生年月：1950 年 7 月
退休时间：2010 年 7 月

我于 1978 年大学毕业后，被分配到上海纺织工业专科学校（1992 年更名为上海纺织高等专科学校）任教，从棉纺工程专业逐渐改行为服装工程专业。1992 年，我考入同济大学读研究生，1995 年回校继续任教。1999 年上海纺专并入东华大学后，我来到服装与艺术设计学院工作，直至 2010 年退休，30 多年来我始终在教学第一线。回顾自己 30 多年的教学经历，虽然很平淡，但我还是有一些感慨的。做老师给了我自由思考的时间、与同学们分享人生感悟的机会以及传递知识理念和开拓创新科研的平台。作为一名为人师表的老教师，我有一个坚定的信念，就是学生的成长成才是我心中的头等大事。

开拓学生学习思路

根据教学需要，我除了讲授"服装材料学""成衣工艺学"课程，还新开设了"服装整理学""服装辅料""服装进出口质量检验"等课程，以开拓学生的思路，扩充学生的知识面，适应未来就业的需要。

我觉得，作为一个工程类的教师，除了课堂讲授专业知识外，尤为重要的是参与企业实践，我在上课时也有意识地将课程内容结合实践进行讲述，学生们对这些课外知识也非常感兴趣。在企业实践中，我们能找到企业生产实际对我们教学的要求，找到科研的课题，确定自己的研究方向。

我们服装学院很多老前辈躬耕教坛、潜心育人，他们是我的学习楷模。在他们的影响下，我对教学工作也始终是兢兢业业、认真负责。多年来，每次期末学生给我的考评基本上都是优，其中给我印象很深的是，在服工专业大班课课程结束时，学生们把一束束鲜花放到讲台上，让我很感动。

培养学生创新理念

培养工科类大学生创新理念是十分重要的环节，这种创新理念将伴随着每个学生的一生的职业生涯。创新意识来源于课堂的教学，来源于学生自身扎实的基础知识和宽阔的知识面，也来源于生产实习与社会实践。服装工程专业的毕业生，基本上在服装行业从事设计、贸易、生产和研发。服装是日新月异、千变万化的行业，除了服装的款式设计和加工工艺外，服装材料是服装很重要

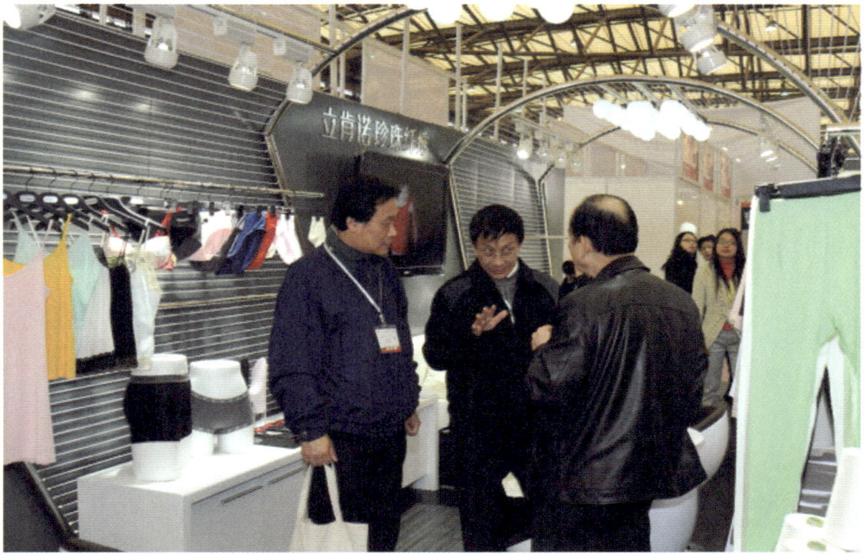

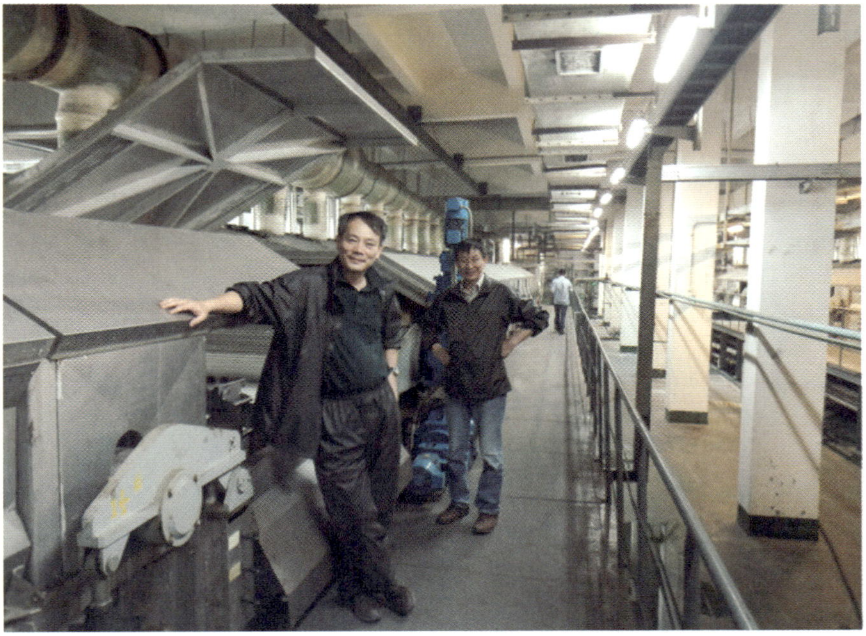

的一个环节，掌握服装新材料的基本性能与款式设计、制定加工工艺密不可分，而服装面料性能又取决于纤维材料的基本特性，取决于纱线及织物结构、后加工工艺等。此外，功能性的服装更需要我们去开发创新，因此服装材料作为专业基础课程要加深加强。

多年来，我指导了不少的研究生同学，研究方向为功能性纤维的研发、功能性纺织面料的开发、面料的功能性能测试分析、新型功能性服装市场的开发调研等。研究课题以学校与企业结合为主，使研究生能理论结合实际，开拓思路，从国际视野创造研发，提升对于抓住机遇的敏感度，通过接触市场和了解企业需求，使研究成果给企业带来一定的实际价值。

服务国家社会需求

记得 2003 年，南方发生"非典"，我们教研组承担了研发医用抗菌屏蔽服装制作的任务，当时，面料需经过化学抗菌整理，不透气、不透湿、穿着时舒适性较差。我受抗菌屏蔽服装制作的工艺启发，想开发一种能抗菌除臭、穿着舒适吸湿透气的天然纤维素纤维作为服装面料。此后，我们开展了对珍珠共混再生纤维素纤维的研发，从申请专利、研发纤维、批量生产、检验检测、成

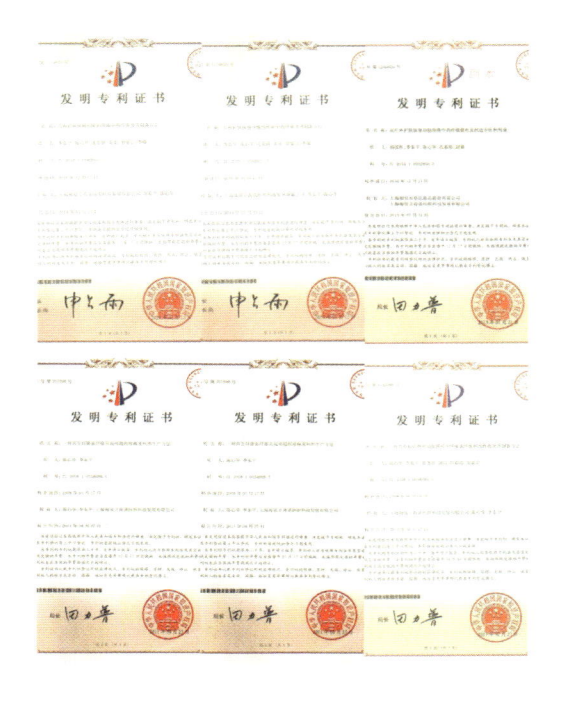

分分析，到产品开发、市场推广、上市历经了两三年时间，中间曲曲折折克服了多种困难，实现了产业化，给企业带来了经济效益，最终此项目获得了"上海市技术发明三等奖""纺织工业协会科技进步二等奖"。

服务国家社会需求也是爱国情怀的重要体现。我很爱国，就把这种爱国的思想和理念也感染给了学生。我曾经跑过三四十个国家，把这些国家的优缺点都进行了一些比较，然后再给同学讲我们国家好在什么地方，他们能认同。我也会告诉学生要多学习老一辈教授为保护我国化纤事业发展而拒绝一些国外知名企业聘任的精神品质，培养同学们对于国家发展要自立自强的责任感。

我现在已退休多年了，但对学校的发展还是时时刻刻在关注。我们学校近些年在多个领域不断地向上攀升，这是现在学校的领导和师生们共同不懈努力的结果。相信不久的将来，我们学校会更上一层楼。

9

杨保安：探出一条"智能+管理"的新路来

姓名：杨保安
原部门：旭日工商管理学院
出生年月：1938 年 1 月
退休时间：2008 年 1 月

我是杨保安，1938 年 1 月出生于上海，祖籍浙江绍兴。回望这一生，在国家改革开放和高等教育事业发展的时代浪潮中，我有幸从一名钻研飞行力学的学子成长为投身管理学科人才培养的人民教师。

求学与初入科研：从飞行力学到管理科学

1956 年，我考入西安航空学院（后并入西北工业大学，国防七子之一），攻读飞行力学。1961 年本科毕业后留校任教，次年继续攻读研究生，1965 年顺利毕业。那时的我，满腔热情地参与无人机与水下航行器的研制工作，团队成果曾获集体奖状。然而，时代浪潮推动我不断探索新领域。1981 年，我有幸作为访问学者赴德国柏林工业大学交流，其间在德文期刊发表论文并被 EI 收录，这段经历让我深感国际学术视野的重要性。 1986 年，是我学术生涯的重要转折点。晋升副教授后，我调入西北工业大学管理系，担任系统工程教研室主任，正式转向管理学科的教学与科研， 1991 年我晋升为教授。

转型管理学科：扎根东华，开拓创新

1993年我被引进调入中国纺织大学（现东华大学）旭日工商管理学院。在管理学院，我曾任经济管理研究所所长，还兼任国际科学技术发展学会（IASIED）建模与仿真（Modelling and Simulation）技术委员会成员。在这里，我找到了毕生深耕的领域——管理决策分析与智能决策系统。

我始终坚信，人工智能将深刻改变管理科学。自1988年起，我主持四项国家自然科学基金项目，率先将专家系统、神经网络等人工智能技术引入管理决策研究与实践领域。其中，"多目标优化决策的人工智能方法"获"陕西省教委科技进步二等奖"；1997年的"神经网络与专家系统结合的银行贷款风险管理"项目被基金委评为"优"，成果入选国家自然科学基金委年报，并获专著资助。这些研究不仅填补了国内空白，也为行业实践提供了新思路。

锦绣东华 春华秋实——青年学生对话东华「大先生」

育人与学科建设：薪火相传的使命

教书育人是学者最重要的责任。我先后培养了 30 余名硕士、博士生，其中 13 人取得博士学位。1999 年，我荣获"上海市育才奖"，这是对我教学工作的莫大肯定。在学科建设上，我与团队不懈努力，1996 年组织全国管理信息系统学术年会，推动学院学术影响力。作为学科带头人，我为管理学院的学科建设付出了很多努力，我积极参与国内外学术交流，1996 年组织并主持了全国管理信息系统学术年会，提升了学校的学术影响力。1999 年，管理学院成功获批管理信息系统硕士点，这是我和团队共同努力的结果。然而，我心中一直有一个更大的目标——为管理学院争取博士点。我深知，博士点是学科发展的重要标志，也是培养高层次人才的关键平台。为此，我不断努力，带领团队积极申报。2003 年，管理学院获得管理科学与工程一级学科博士点，圆了我们多年的梦想。这一成就标志着学院学科建设迈上新台阶，为后续高层次人才培养和高水平科研创新提供了更广阔的平台。

回望与感怀：以担当书写人生

从西北工大的无人机实验室，到柏林工业大学的学术交流；从飞行力学的精密计算，到管理决策的智能探索，这一路充满挑战，却也充满惊喜。我常想，学术的使命不仅是创新，更是传承。如今，我虽已退休，仍欣慰于看到年轻学者们继续攀登高峰。期待东华大学在当今的人工智能飞速发展的时代能够取得更好的发展，培养出契合时代需求的拔尖创新人才。

祝东华大学发展越来越好！祝学生们成为国家的栋梁之材！

10

戴昌钧：为东华，为教育事业尽献余力

姓名：戴昌钧
学院部门：旭日工商管理学院
出生年月：1944 年 1 月
退休时间：2014 年 1 月

南开之根，东华之情

我 1961 年 17 岁时离开上海赴津就读南开大学数学系，毕业后分配在农村中学教书。1978 年恢复研究生招生，我以高分被南开录取，师从数学家（也是革命家）胡国定先生进行信息论领域的研究，毕业获得学位后进入南开管理学院，从此开始数十年的科研育人生涯。在南开沐浴了浓厚的学术氛围，并作为主要成员承担了我国管理学科第一个国家自然科学基金重大项目（经费 250 万元），参加的单位有中国科学院、复旦、西安交大、南开等，我作为最主要的成员几乎独立完成南开所承担课题的主要内容，成果被评为 A 级，我由此而晋升为教授。

时值东华大学（那时仍为中国纺织大学）正筹划成立管理学院，需要引进教授，学校得知我有此意向后，随即委托顾庆良副院长领队参加一个国际学术会议并带两个研究生交付我指导，之后人事处副处长数次亲临我家邀请，于是我怀着既舍不得南开又怀着感激之情于1995年走进了东华的大门，成为了东华的一员。

尽心尽力，回报东华

至70岁退休，我在东华工作了19年，其间在历届校院领导的支持下，我和学院其他老师团结奋斗，为管理学院的发展做了一些工作。

和同事一起为学院博士点及MBA学位点的建立四处奔忙，终于获得成功，使东华的管理学科上了一个台阶，后又经其他老师的不断努力，东华管理学院成为各级学位门类齐全的学院。

管理学院获得香港旭日集团的资助，建立旭日楼并冠名为旭日工商管理学院，为感谢旭日集团对我院的支持以及对旭日创业过程进行总结，我带领一名硕士生走访旭日集团，并写成了旭日集团创业成长的一个大案例，后在符谢红老师的专业课中得到应用并取得良好效果。

我在东华管理学院共培养指导博士生约 29 名，硕士生（含 MBA，EMBA）92 名，其中外国留学生博士、硕士各 1 名。他们有的在高校任教并晋升为副教授、教授，有的进入政府或行政部门担任领导，有的则在市场创业拼搏，成为有一定社会知名度的企业家。

在申报国家级科研项目领域，我数次获得国家自然科学基金项目，实现了学院零的突破，其中关于知识员工生产率项目获得 A 级评价，开拓了提高知识工作生产率的途径和方法，论文发表在顶级学术刊物上，指导的博士论文获得上海市优秀成果奖。专著《知识工作生产率层次结构及其应用》获中国生产力学会"优秀生产力理论与实践著作一等奖"。此外，还曾获得省市级科研项目若干项，相应地带动了论文在顶级学术刊物上发表。其间共出版教材两部：《人力资源管理》（南开大学出版社数次再版）、《现代人力资源管理——理论及实务训练》（合作符谢红，东华大学出版社）。

我数次获得国家留学基金资助，先后三次访学美国天普大学、波士顿大学、犹他大学。在天普大学学习了经济学，回国后开设了管理经济学课程；在犹他大学达成了一项国际合作研究项目，促成了布鲁克林·德尔（Brooklyn Derr）教授专访南开及东华大学进行学术交流并将我们的一项研究成果编入一本专著 Cross-Cultural Appriaches to Leadership Development 在英国出版；在 BOSTON 大学被邀请参加了一项由十几个国家和地区参加的国际合作项目"全球生产率发展前景"的研究项目，由此获国家自然科学基金研究项目及国家出版基金，出版了专著《生产战略的理论、实践及国际比较》（上海交通大学出版社）。

我也引进了学院第一个国际合作项目——波士顿大学—东华大学 MBA 学位研读项目，多名青年教师参加该班旁听并获得去美国访学及攻读博士学位的机会。这对提高我院师资质量及学院 MBA 项目的建立和发展提供了一定的帮助。

由于上述成绩，我先后获得"校长奖"和"优秀老师"称号。同时，由于社会上的影响被上海生产力学会聘为理事会顾问。我由于坚持教师风范以及与学生的亦师亦友的亲密关系，在我 70 岁即将退休之际，博士生及硕士生主动策划了一次大型的庆贺活动，当时的校领导、学院领导及南开校友均出席，为我的职业生涯画上了难以忘怀的句号。

老骥伏枥，愿尽余力

今年（2024）我已退休10年，已是年过80的白发老翁，但是对于探索未知事物以及追求知识依然充满了一种好奇性。正好，校关工委和退教协邀请我参加研究生院的督学工作，我怀着对研究生培养的关心，以及对东华的感情，投入督学工作中，认真完成各项工作。

每学期至少听15次的课（一般我都听17次）。我自己曾是讲坛上的"老手"，尽管学生反应尚可，但总觉得与优秀的教学相比自知尚有许多差距。通过督学听课发现一些优秀教师，他们有深邃的思想、广博的知识面。对于这样的老师我出自内心的敬佩，每次课程结束我都要求学生一起鼓掌向这位老师致敬，这一要求都能得到学生的响应，从而对教师起到了一种激励作用。学期结束时，我都认真把这些教学优秀的老师汇报给研究生院，有利于推广和发扬。

在听课过程中，我发现现有教学的不足之处，我提出对于研究生层次的教学要增加学生的自学内容，课堂上要增加互动环节，等等。还发现有的课程学生听得非常认真，有的则心不在焉乃至睡觉，从而引发我酝酿一个带有学术研究性质的命题：什么样的课程内容和讲授方法才能吸引学生产生兴趣？

督学过程中，我还完成了培养方案、教学大纲、试卷的检查，当发现不足之处就明确指出，供研究生院及相关学院改进。

目前大学的发展趋势是研究生入学人数已超过本科生人数，研究生招生中专业学位人数已超过学术学位人数，专业学位研究生培养日益成为国家亟需的人才。本人在南开指导过我国第一批专业MBA学位学生，并观察社会上专业学位研究生毕业后工作及发挥作用的情况，认识到专业学位研究生对国家建设及提高我校声誉的重要性，于是撰写了《专业硕士培养方案的若干建议》，从培养目标、案例教学、校外导师遴选、学位资格标准等方面全面论述了专业学位培养的方方面面并建议研究生院关注，组织专门会议进行探讨。

我参加了数届督学组活动，发现督学组成员都是退休的老教授，他（她）们大部分虽年过60，但是依然充满朝气、活泼开朗，给人以启迪。我要向他们学习，努力站好最后一班岗，为东华，为教育事业尽献余力。

时光荏苒，白驹过隙，转眼间我已是白发苍苍，但是每当看见朝气勃勃的年轻老师和学者正在超过我们，心里不由自主地产生高兴之情，真正的"大先生"将由他们中间产生，他们将会使东华发出无愧于"211工程"称号的夺目光辉！

11

顾庆良：树经世济民之志，传安邦治国之道

姓名： 顾庆良
学院部门： 旭日工商管理学院
出生年月： 1949 年 5 月
退休时间： 2014 年 5 月

我是幸运的，1949 年出生的我是中华人民共和国的同龄人。1971 年，我加入了中国共产党，党龄已过半个世纪。后来，我有幸加入欧美同学会，先后成为国家发展和改革委员会轻纺专家、世贸组织 ITC/WTO 和国际劳工组织 ILO 聘约专家。可以说，我亲历了中华人民共和国成长的每一个脚步，见证了改革开放的每一段征程，目睹了我国经济发展的每一份伟绩，始终为纺织经济学领域的发展和建设竭力奋斗，书写了一位老纺织人与党和国家同呼吸共命运的无悔的人生历程。

负笈海外：开启全球视野，打下学术根基

我大学专业是棉纺工程，自此与纺织结下了不解之缘。

作为全中国最早的 MBA 学生之一，1980 年考研，我以全校第一的成绩录取并荐送上海交通大学和美国顶级商学院——宾夕法尼亚大学沃顿商学院

顾庆良：树经世济民之志，传安邦治国之道

（Wharton School，the University of Pennsylvania）的"计算机科学与决策科学"中美合作培养项目，获得硕士学位，该项目集结了中美双方最好的师资力量，这段求学生涯为我正式开启了全球视野，让我平生第一次拥有了站在世界格局和全球市场来看待中国的经济管理问题。

1986—1987年，我远赴美国，前往马里兰大学（University of Maryland）纺织经济系，以访问学者的身份研修纺织经济、国际经济学、国际市场营销等课程，主要从事纺织经济与国际贸易研究，重点研究中国恢复关贸总协定（GATT）缔约国地位和纺织服装贸易，应用马尔科夫转移矩阵和定常数市场占有率模型（CMS）等工具，研究纺织贸易"四强"（即中国大陆、中国台湾和中国香港以及韩国）纺织品服装的贸易竞争力与增长，相关论文发表在英国纺织学会期刊（JTI）。

1994—1995年，我以高级访问学者的身份在奥本大学（Auburn University）纺织经济与消费系，研修纺织产业经济和服饰消费行为。其间，正值关贸总协定（GATT）改为世界贸易组织（WTO），我作为美国国家纺织中心（NTC）项目成员参加了服装市场全球化和品牌服装消费行为的研究，主持了中国项目研究，论文发表于消费营销期刊（JCM），被评为2002年度期刊最佳论文。

1996—1998年，我访问并参加了哈佛大学纺织服装研究中心（HCTAR）的课题组。作为中国子项目的中国主持，完成了研究报告《中国服装业的发展》，报告由HCTAR发表。同时，我又访问了匹兹堡大学（University of Pittsburgh）经济系，参与实验经济学"中国承包制和棘轮效应"的课题，承担并主持其中实验设计和试验数据收集处理，署名论文发表于影响因子最高的经济学顶级刊物《美国经济评论》（The American Economic Review）。

顾庆良：树经世济民之志，传安邦治国之道

整个 20 世纪 80 和 90 年代，我有幸多次赴美国大学从事纺织经济方面的学习并与顶级的经济学家和管理学者合作，让我拥有了较为宏阔的全球视野和比较扎实的学术根基，这为我之后继续中国纺织经济领域的研究和实践奠定了良好的基础。同时，我也深知西方的理论只有与中国的国情和实践相结合，才能真正做到西学中用，走出一条具有中国特色的纺织经济创新发展之路。

扎根中国：传递专家声音，助推产业升级

基于纺织工程和纺织经济的学科背景和研究经验，我在 2004—2016 期间作为世界贸易组织的国际贸易中心（ITC/WTO）的聘约专家，完成四项相关研究报告并在联合国出版发表：《中国服装业的发展报告》《中国服装的市场贸易结构和贸易数字化》《欠发达国家服装业如何从中国发展中受益：现状、期

望和政策》和《尼泊尔和中国的羊绒产业：发展与合作》等，有关研究成果在"中国 - 东盟贸易峰会"以及国际学术会议等发表。其中关于"一带一路"和联合国"2030可持续发展目标"的对接，中国纺织服装与世界纺织包容性发展的研究成果受到国际组织和业界认可和关注。

2004年5月，第83届世界纺织大会在上海举办，大会由国际纺织学会和东华大学共同主办，这是世界纺织大会历史上首次在中国大陆召开的会议。我受邀参加大会并作交流发言。

同时，作为经济管理领域专家，我于2005年和2008年两次被联合国国际劳工组织（ILO）聘为专家，完成关于中国纺织行业的企业社会责任和劳动调查报告，同时主持了宁波服装行业的企业社会责任调研报告，出版专著《企业社会责任和企业战略选择》（2008）。在这些研究报告基础上推进了纺织行业企业社会责任（CSR）-CSC9000T，作为纺织行业的企业社会责任的标准体系，该体系是经济行业部门中推行和实施最早的标准体系之一；其次，这些报告被采纳与发表，客观地描述了中国纺织行业社会责任和体面劳动的现状与进步，澄清西方媒体和政客的不实之词。2005年，我作为中国纺织界代表，参加ILO关于后配额时代三方日内瓦会议（业界、政府、工会）并作大会发言。

我多次应邀在国内外的重要会议上讲演和发言，旨在阐述中国市场、行业观点，特别是对一些重要事件（如中国入世、配额取消）发声。同时，我也为其他一些重要组织，如亚基会，并应国家纺织行业和政府所邀，进行企业和官员的培训，如孟加拉国纺织行业劳动力和人力资源培训。20世纪90年代末，分别完成"上海时尚产业""安徽纺织行业""江苏射阳印染园区""河南安阳针织行业""安徽望江县纺织产业""宁夏羊绒产业产业集群""云南德宏州纺织服装招商规划"等产业规划和研究发展报告，以及多项企业的咨询报告等。

2010年开始，我作为核心成员和行业专家参与策划和实施中纺联每年一次的"纺织管理创新"培育和评选，平均每年直接考察辅导四家企业。这个过程既是推进指导，又是学习提炼，这些企业大都是行业标杆，成为各行业的学习榜样，有的被评为全国企业管理创新奖。特别是最近几年，当全球经济萧条、市场疲软，以及疫情和乌克兰危机的冲击，经济行业面临极大的不确定性的挑战和困境，而这些企业逆势增长，是国内行业甚至是全球发展的亮点。2016年获"中纺企协卓越贡献人物"称号，2018年又荣获"中国纺织企业十大杰出贡献人物"奖。

这些管理创新成果，既是中国纺织人奋斗努力的结果，也体现了中国纺织在"一带一路""双循环""统一大市场"等大政方针下的定力和韧劲，说明实践出真知，思想指导行动，是知行合一的体现。最近几年我在《中国纺织》英文版、澎湃社等发表了多篇论文，如《疫情时下的纺织产业发展》《世界百年未有大变局纺织业应因策略》《"双循环"和中国纺织高质量可持续发展》《中国"入世"二十周年纪念》《纺织服装行业产业园的低碳之路》等，被业界与媒体广泛转发。

育人为本：传道经世济民，授业安邦治国

从交大毕业后，我回到东华大学任教，1993年管理学院成立时我被任命为常务副院长（主持工作）。

从1977年1月纺织系毕业留校任教到退休，我在东华大学从事教学工作超47年，期间多次被评为"我心目中的好老师"，以及"上海市育才奖"、"全国宝钢优秀教师奖"，指导学生获"挑战杯全国创业计划大赛四项金奖"（其中包括金奖第一和第二名），以及"挑战杯全国大学生课外科技作品比赛一等奖"，我指导的硕士研究生丁卓君获"上海市优秀论文"，实现了管理学院零的突破。

我还出版了《时尚产业导论》《企业社会责任和战略选择》《企业家和创新创业精神》等专著，为培养优秀创新人才作出贡献。

2014年退休至今，我被法国高商ISTEC、巴黎九大、尼斯大学、蒙彼利埃大学等聘为工商管理博士DBA项目的中方学术主任和总督学，为中法文化交流和合作培养有国际视野的企业家和高级管理人才贡献绵薄之力。

"经济学和管理学本身就有经世济民、安邦治国的使命，思政元素丰富，开展经管类专业课程思政建设有其天然优势"，这是我对经济和管理学科的理解。在我看来，经济和管理不仅是学科，更是责任和使命。几十年来，我始终深知自己最根本的身份是教师，立德树人才是最根本的国之大计。因此，经世济民之志、安邦治国之思始终融汇在我为学生传道、授业、解惑的全方位和全过程。

当学院于 2017 年启动课程思政建设后，我毫不犹豫地担任了学院课程思政建设的学术指导。我以实现思想政治教育与知识体系教育的有机统一为方向，先后以"管理学院经济管理专业思政教育改革与探索"系列、"经济管理专业思政教育改革与探索"系列、"'四史教育'和专业思政教育及案例"为主题，开展了多场课程思政主题讲座，深受老师们的好评。

之后，我就课程思政案例撰写、专业课程思政建设、教学大纲修改等，在学院教师代表、各系和党支部等多个层面开展专题研讨；参与讨论修改，指导制定《管理学院课程评价体系》；针对课程思政建设中的实际问题，和学院教师深入研讨。协助学院党委把牢建设方向，切实明确课程思政建设的重要意义和现实背景，持续提升专业教育和思政教育能力，实现两者的有机统一。该项目获中国纺织联合会教育改革二等奖。2021 年底当《经济管理类课程思政案例》和《经济管理类课程思政教学大纲》完稿时，我应邀作序。对学院多年课程思政建设的丰硕成果倍感骄傲和欣慰。

同时，作为学校关心下一代委员会讲师团成员，我常年为党员、积极分子讲党课、作报告。2021 年是中国共产党成立百年之际，也是我入党的第 50 个年头，我结合青年学子特点，打造了"世界百年未有大变局下共产党的使命""从科学社会主义到中国特色的社会主义"等专题党课，通过引用大量史实讲述了 1921—2021 年这伟大而又不寻常的一百年里的世界大变局以及共产党人应当肩负的时代责任，在青年学子中反响热烈。报告会后，一位预备党员在学习体

会中写道："通过顾庆良教授的讲解，我深刻意识到了有技艺而无科学，无法爆发新一轮的工业革命，……我明白了当下的学习不应仅仅将眼界局限于课本上的知识，还应该以长远的眼光去培养自己的创新能力与应用能力，争做中国特色社会主义事业的合格建设者和接班人。"我还应邀为天山街道党员作党的二十大宣讲，为上海交通大学校友读书会作"科学革命的结构——范式革命和新质生产力"的报告。

从1980年只身负笈海外求学，到如今已迈入退休后的第十个年头，我依旧奋战在纺织经济学领域的研究和实践浪潮中，我无怨无悔，并深感幸福。在助力学院推进课程思政建设和关心下一代成长工作的这些年，我努力将所学所知所感所悟倾囊相助，为落实立德树人根本任务贡献自己的一份绵薄之力。时光已悄然走过半个多世纪，青丝华发之间，始终不变的是我对经世济民的求索，对治国安邦的探寻，为实现中华民族伟大复兴的殷殷期盼而勠力践行！

宋福根：为人才培养作出应有的贡献

姓名：宋福根
学院部门：旭日工商管理学院
出生年月：1952年2月
退休时间：2018年2月

我1977年1月从华东师范大学数学专业毕业后被分配到东华大学工作，至今已经跨越了四十多个年头，经历了学校的快速发展，见证了管理学科的跨越式发展，从当初只有一个专业、十几名教师和几十名学生，发展到现在拥有十几个本、硕、博学历层次专业、100多位教师和三千余名学生的规模。在这40多年的从教岁月中，学校各级组织的关怀和前辈们对我的呵护，造就了自己的成长，有幸为管理学科人才培养作出了自己的绵薄贡献。

关怀下的成长之路

我刚到东华大学时，被安排在纺织工程系毛纺教研室，主要从事概率论和数理统计等课程的教学工作。我虽毕业于师范学校，大学就读时也参加过一些教学实习，但面对系统性的课程教学大纲撰写、教学重点划定、教学过程安排等毫无经验可言。时任教研室主任的王善元、姜繁昌等老师及时安排了严灏景

教授为我的指导老师，严灏景教授学术造诣高深、工作精神严谨，手把手地教会了我第一门课的教学，使我一生难以忘怀，是我永远学习的楷模。

1984年，经学校推荐、国家经委选拔，我以访问学者身份赴德国科隆大学和基尔经济学院进修企业经济，学习到了先进的管理理念和理论，也接触到了先进的教学方法和手段，扩大了眼界，拓宽了思路。回校后，一直在校从事管理领域的教学和科研工作，期间，更是得到了高章博、焦子襄等老一辈的关心和帮助，使我得以快速地成长，1991年被破格晋升为副教授、1996年晋升为教授，并于2007年被评定为二级教授。

协助促进学科发展

多年的工作经历使我深刻认识到，个人的成长离不开学校、学院的发展，为此，我也曾兼任了系党支部书记、主任和学院党总支书记等工作，协助促进学院学科发展，尤其是在我担任学院党总支书记期间，在院长孙俊康教授的引领下，和学院其他老师一起，参加了管理科学与工程博士点的申报工作并获得成功，使我校成为上海市较早获得管理科学与工程博士学位授予权的院校之一，并长期担任管理科学与工程硕士学位点的建设和管理工作，使之从只招收几名学生的规模，发展到了招收20余名学生的规模，提高了学校和学院的声誉。为全面平衡学校发展，深化学校工作改革，在学校直接领导和布置下，协助院长实施了学院人事工作制度及工资分配制度的改革，促进了学院各项工作的开展。

与此同时，我也自觉地投身教育教学改革，主持了"国家级精品课程"和"国家级特色专业"等教改项目建设，促进了相关学科建设的快速发展。为此，组织上给予了很多的荣誉，1997年、2005年两次获"宝钢优秀教师奖"，1998年获"国务院政府特殊津贴证书"，2007年获"上海市教学名师"，2009年获"上海市模范教师荣誉称号"。

致力于深化教学改革

人才培养是学校的中心工作，长期以来，我始终牢记自己的使命，将培养高素质人才视为己任。早在参加管理学科教学工作初期，教学实践使我深切地感觉到：学生在学习了基本的管理学科理论和方法后，由于市场竞争的风险性和时间上的局限性，很难将所学理论和实际结合起来并在实践中尝试应用，因而形成了人才能力培养严重不足的问题。

为解决这一难题，借鉴于国外先进经验，结合已有教学科研成果，立足于我国企业运营实际，经过潜心研究，我于1988年率先于全国各高校研发成功了"企业经营决策模拟系统"，1989年《计算机世界》报作了简要报道，1992

年通过了上海市高教局组织的专家鉴定。运用该系统，学生在学习管理学科基本理论的同时，即可以现代企业经营决策者的身份，理论联系实际，进行市场竞争条件下的市场需求形势分析、营销决策、生产决策、采购决策和财务决策等全面性的实践尝试，在短短的几天时间内就能深刻感受到在实际中需几年才能获得的经验和体会，弥补了管理学科实践性教学环节的空白，1996年获纺织工业总会"部级教学成果一等奖"，1997年获教育部"国家级教学成果二等奖"。

开创人才培养新途径

在取得初步教改成果后，我们加大了系统性的管理学科人才培养研究力度。突出了管理就是决策的理念，拓展并完善了产品市场需求预测、营销优化决策、生产优化决策、采购优化决策及决策全面预算等现代决策理论与方法。通过构造一个完整的大型决策仿真案例，融合了分散在管理经济学、市场营销学、生产组织学、管理会计学、统计学和运筹学等不同专业主干课程中的决策理论，贯通了竞争条件下各种优化决策理论相互之间的内在联系，优化了学科知识体系，完善了学科内容结构，经由科学出版社出版了特色教材《现代企业决策与仿真》，创新了学生综合能力培养的理论基础，该教材2007年、2014年分别获评为国家级"十一五""十二五"规划教材，2011年获评为上海普通高校优秀教材一等奖，并被科学出版社列入"管理科学名家精品系列教材"。

基于理论研究基础，充分应用现代信息技术，我又研制成功了基于局域网运行的网络版"经营决策"系列决策实验系统，系统含有"人机对抗""群体对抗"和"交叉对抗"三个版本，通过不同版本的使用顺序，由浅入深，循序渐进。其中，"人机对抗"和"交叉对抗"运行模式属国内外首创，创新了管理学科学生决策实践能力培养的教学模式，开创出了一条管理学科人才培养新途径。实验系统提供给了全国120余所高校用于管理学科人才培养，获得了很好的社会效应，2004年获"上海市级教学成果一等奖"、2005年获"教育部国家级教学成果二等奖"。

与时俱进谱写新篇章

随着创新创业潮流的涌现和信息技术的快速发展，原有成果的内涵及其外延均已不能满足形势发展需要，教育教学改革面临新的挑战。由此，我组织团

队与时俱进,进行了新一轮的人才培养模式研究,研制成功基于互联网运行的"创业决策"系列实验系统,与专业主干课程"决策支持系统导论"建设相结合,以"现代企业决策与仿真"为名入选了教育部大学视频公开课并已上线。2013年该课程建设获"上海市级教学成果一等奖"、2014年获"教育部国家级教学成果二等奖"。

云计算技术、虚拟仿真技术与人工智能技术的广泛应用,为进一步深化教育教学改革提供了新的契机。在新的形势下,我组织团队进一步构建了"互联网 + 创新创业决策教育实施平台",集创新创业决策理论与系列实验系统、创业决策仿真大赛系统等于互联网运行的平台上。不受时间限制,学生只要登录平台,就可进行创新创业决策的理论学习和实践学习,实现了应用的全天候;不受地域限制,可供全国数百所院校、数万名学生同时远程在线学习或参加大

赛，实现了应用的规模化；过程中的难易程度调整、决策优劣评价、参赛队伍晋级及计算机企业自行决策等均由系统自动控制，实现了应用的智能型和开放式，平台访问人次已逾430万，扩大了人才培养规模，提高了人才培养质量，形成一套全天候、规模化、智能型和开放式的管理学科创新创业人才决策能力培养新模式。2014年平台被教育部授予了"国家级管理决策虚拟仿真实验教学中心"称号，2017年该成果获"上海市级教学成果一等奖"、2018年获"教育部国家级教学成果二等奖"。

　　我虽已退休多年，但仍有信心、有决心在学校的领导下，在老一辈的精神鼓舞下，发挥余热，尽自己所能，继续为学校工作添砖加瓦，为人才培养作出自己应有的贡献。

13

华大年：成功不是赢在起跑线，而是赢在转折点

姓名：华大年
学院部门：机械工程学院
出生年月：1934 年 6 月
退休时间：1994 年 7 月

  我 1954 年从华东纺织工学院机械系毕业留校任教。我很幸运，第一个幸运，分配在机械原理教研组，有两个教授和一个讲师指导、帮助；第二个幸运，据调查，当时全国机械原理教授只有四个，我们学校就占了两个，机械系力量非常强。老系主任周承佑教授是个教育家，凡是好的教师，他不惜三顾茅庐也要请过来。游来官教授是我的指导教师。他是国内本土培养的中年教授。他教学认真，教书有重点，深入浅出，深受同学欢迎。身处这样一个环境，又有周老师、游老师作为我的启蒙老师，我的初心就是要做一个受学生欢迎的老师。

  刚进教研组时，我曾代替周承佑教授上课。为了做好这件事，我不仅会去听游教授和周教授的课，晚上还参加辅导，批改作业，并对前几章老师讲的内容做总结，然后根据讲授内容，给同学们讲典型例题，再结合他们的练习批改情况进行总结。担任助教的一两年让我积累了不少经验，基本上能够站稳了讲台。

当时教研组使用新的苏联教材，每星期在教研组内讨论教材以及用到的基础和理论，由游教授主持，一般主要通过听课、辅导、习题课、总结、试讲来开展教学，上大班课，同学们比较欢迎。我知道自己底子薄，会积极旁听教得好、资历较深的中年教师的课。另外，也会向相关专业课程的任课老师学习，找纺织系教师查看机械原理应用方面的专业书籍，看有哪些可以应用到授课中，并问清楚关键要点。充分了解这些情况后，上课就有的放矢，生动活泼了。

每一次上课我都要写讲稿，青年教师时是每一句话都写，之后就写提纲了，把思路理清楚。我的备课窍门在于备好两小时内容后，再用五分钟时间自答这两小时的主要内容。另外，我讲课前两三分钟要总结以前讲过的内容，比如一

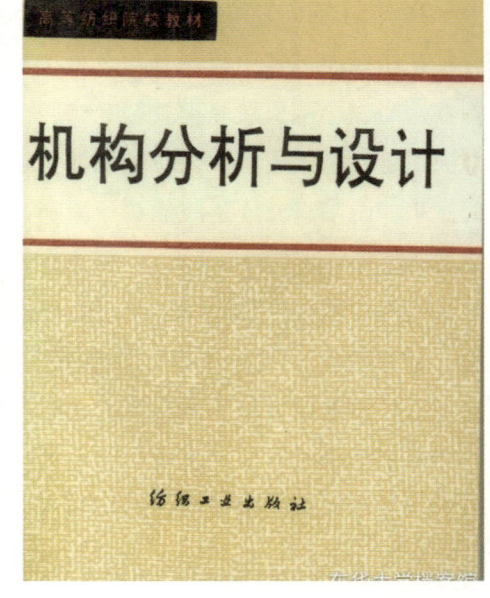

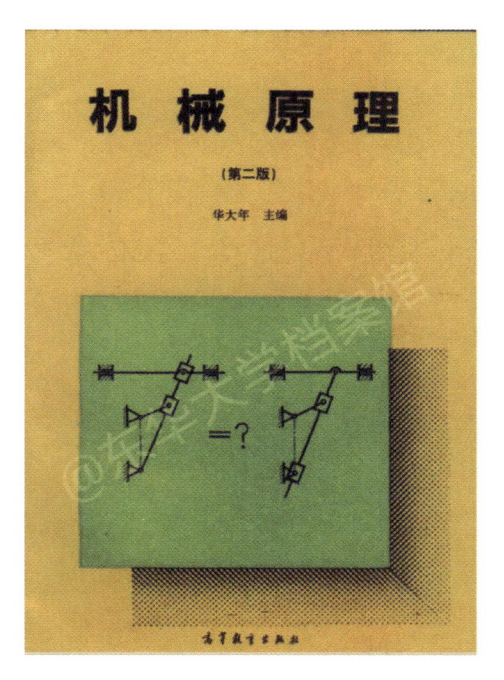

些矛盾难点，再探讨新问题。下课前，我会做简单小结，并请同学们预习下节课内容。此外，每次讲课，我都是一部分依据教材，一部分超越教材。这样同学就不好漏听，容易集中注意力。这也是讲课的艺术。

在华纺，我教过各种类型的班级，其中包括本科班、劳模班、老干部班、留学生班等。待到学生毕业二三十年甚至五十年，依然有同学说对我印象深刻，或是我的讲授对他工作有些帮助，这个时候我内心的喜悦是无法形容的，我想这才是真正意义上受学生欢迎的老师。1989年我荣获全国优秀教师。同年被国务院授予"全国先进工作者称号"；1991年起享受国务院颁发的政府特殊津贴。

1958年，当我还在清华大学进修时，经过调查研究以及学校和自己的情况，决定经过十年，甚至于更长时间，将自己的教学及科研经验写成一本书，可以让后人从中学习。也正从此时，我对自己的要求更进了一步，要出专著或者教材。

1968年，为筹备工农兵大学生招生，我从机械系调入纺织系，一干就是十年。我虚心向工厂师傅学习，与他们一起生产、一起生活，从调查纺织行业中的精梳机、织机、浆纱机与经编机等比较复杂的纺织机械入手，用机构学的理论去直接解决生产实际问题，将教学与生产紧密结合。我在储备了大量知识和经验后，正式开始写书，但在那个年代，出版一本书着实难比登天。

但是，正如《牧羊少年奇幻之旅》中所说："当你全心全意梦想着什么的时候，整个宇宙都会协同起来，助你实现自己的心愿。"学校提倡开选修课又为我打开了一扇门，借此机会，我写出了《应用机构学》，将应用机械原理与实际结合的同时，按照计算机辅助设计的要求完成编写。选修课开始后，反响良好，不仅学生兴趣高昂，不少外校教师也纷纷购买这本书。

1981年，机械行业发展迅速，引进先进设备迫在眉睫，急需消化改进，又苦于没有创新。基于《应用机构学》的影响，上海的《机械制造》杂志在学校范宝江教授联系下，邀请我撰写关于机械机构创新设计类文章，经与主编商量，确定12个题目，每月刊登发表一篇，一年内连发12篇文章。也正因此，我的影响从华纺推向上海，再一步步走向全国，正式收到了出版社的邀请。

1982年纺织部教育司副司长沈帆到学校调研，两次找到我。第一次，将书拿到北京请专家鉴定，不到两个月，再次见我，明确表达了出版意愿及难处：鉴于天津纺织工学院唐之伟老师也要出版一本，给出了二者增益合作出版或二选一两个方案。我认为，两本书可以取长补短，相辅相成，干脆地选择了第一种方案。

1984年大年初四，我匆匆赶去北京，惊奇地发现合作伙伴竟然是自己的学兄，十分亲切。这也让两人的工作进展十分顺利，一个星期就完成相关工作，书名定为《机构分析与设计》。

我深知教材对于教学育人的重要性，强调做到"三结合"，即教学与科研相结合、基础与专业相结合、理论与实际相结合。作为"三结合"的产物，《机构分析与设计》成为我国公开发行的第一本高等机构学的研究生教材，一经出版广受好评。在1988年全国高校优秀教材评选中，这本书不负众望，摘得国家级优秀教材奖殊荣。

作为机械工程学院基础课的任课老师，我认为，任何理论转化为方法论才能有效地运用于实际，进行发展和完善，机械原理作为机械科学与工程的科学理论，也应该转化为相应的方法论。结合自身教学和实践经验，我认为机械学科不能没有理论课、原理课，这个想法成为了我编写《机械原理》教材的突破口。在编写教材时，我以唯物辩证法为指导，总结和发展了机械原理的研究方法，提出将当量法及其派生方法作为机械原理的基本研究方法，形成了机械原理方法论。《机械原理》一书凝结了我多年教书的心得：在辩证唯物主义的指

导下，实现两个"转化"，即教师由"教"到"授"、学生由"学"到"创"，从而启迪学生的创意创新思维。1995年，《机械原理》教材获"国家教委优秀教材一等奖"。在上列著作中，我将机械原理研究的当量法应用于连杆机构和凸轮机构的计算机辅助设计，其中原创的凸轮设计新方法和新方程式，四十年来仍在为社会服务，为东华增光。从1979年起，我增加指导硕士研究生的工作，直至1994年退休。

　　回顾我的一生，母校对我的教育，领导、老师、同事等对我的帮助，很感恩。我自己的特点就是一个字"勤"。勤学、勤思、勤为，每时每刻，反复循环，做事情一定能成功。我常对同学们说，成功不是赢在起跑线，而是赢在转折点。我也有一个心愿，希望在有生之年能够看到我们学校早日建成"双一流"学校，为党和国家培养更多的栋梁之材。

闻力生：为祖国纺织服装事业健康工作 70 年

姓名：闻力生
学院部门：机械工程学院
出生年月：1936 年 12 月
退休时间：1998 年 8 月

  我是 1956 年进入东华大学机械系，学的是纺织机械设计专业，记得在当年的开学典礼上，老院长周承佑先生在讲话中向我们传达了当时高教部对我们大学生提出"为祖国健康工作 50 年"的要求，这个口号我一直铭记在心。我从 1960 年毕业参加工作到如今，也已经整整工作 64 个年头了，今年（2024）正逢新中国成立 75 周年，我要下定决心为祖国纺织服装事业健康工作 70 年，把此作为向国庆的献礼！

  我 64 年的工作主要分两个大阶段，前阶段近 30 年主要在学校机械系从事机械设计教学工作，后阶段 30 多年，学校党组织安排我借调原纺织工业部现中国纺织工业联合会从事服装行业科技工作和管理工作。在学校任教期间，我先后在机械系自动化和机械原理零件教研室任教，做过教研室党支部书记和机械系副主任，经历了从助教、讲师、副教授、教授的晋级阶梯。借调北京先后在原纺织工业部科技司工作，主管服装行业高新技术工作，先后担任过中国服

装研究设计中心 CIMS(计算机集成制造系统) 办公室主任、中国服装集团 (前纺织工业部服装总公司) 总工程师、国家服装工程技术研究中心副主任、国家服装生产力促进中心副主任等职务。

改革开放 40 多年来，我主持和承担过国家"七五""八五""九五""十五""十一五""十二五"计划中的服饰文化与高新技术方面的国家科技攻关项目，以及部三项费用课题的研究和创新，获多项国家级和部级科技进步奖；代表著作有《国外服装机械》《服装科技与文化》《中国大百科全书 (第二版)》等；发表论文百篇以上，各种相关会议上作服装高新技术演讲百次之多。

改革开放 40 多年来最值得我欣慰的是在下面几件事上为我国纺织服装行业作出了一定贡献，也为我们东华大学争了光，很高兴写在这里与大家分享。

推动服装行业从落后的生产方式向现代工业化生产方式的转变

在国家"六五""七五"计划期间，我国服装企业加工服装只能靠最基本的平缝机、包缝机和最简易的熨烫来完成，这种生产方式是相当落后的。1986年原国家经委、轻工业部和纺织工业部意识到我国与国外服装生产方式的差距，必须向国际上发达国家工业化生产服装方式学习，因此认证了一些大项目，以期促进国内服装生产水平的提高。首先，确定的大项目就是服装加工的裁剪、缝制、整烫一条龙技改项目。那时，在我国服装裁剪领域内没有自动裁床，裁剪只有用圆刀裁剪、直刀裁剪和带刀裁剪，为了实现服装的自动裁剪，必须从国外引进设备，经考察后，我们从美国格柏公司引进了 S-91 自动裁床三套，分别布局在沈阳黎明服装厂、北京长城风衣厂和常州服装研究所，这些企业当时都是很有名的国营服装企业，在引进的基础上我带领学校科研团队和企业一起对国外自动裁剪技术进行消化吸收和仿造。

国家确定的第二个大项目就是引进日本重机、德国杜克普公司西服加工流水线。在服装加工的裁剪、缝制、整烫一条龙技改项目中，除了对裁剪技术进行消化吸收以外，从国外引进缝制技术并加以消化吸收至关重要。后来国家投入 300 万美元，在宁波的甬江服装厂引进重机和杜克普缝制设备，形成了以重机为主的和以杜克普为主的两条西服加工流水线。引入设备之后，像西装的上袖和开袋等这些以前全靠手工缝制的工序就完全可以依靠机电一体化实行数字化、自动化缝制了。这两条生产线的建立,成为我国服装企业进军现代工业化生产的典范。

在甬江服装厂里工作了十几年甚至几十年的老裁缝们,虽然经验丰富、缝制技巧高超,但他们不会使用现代化的设备来缝制服装。因此,我和我校服装学院的师生组织了科研团队,承担了将两条自动化生产流水线开发出来以及教会缝制工人使用的重任。当时的甬江服装厂的西服加工线后来成为我国服装现代工业化的示范典型,它也成就了杉杉集团成为全国驰名西装品牌的发展传奇。同样它也使重机和杜克普的缝纫设备一下子在全国普及开来。我利用对国外缝制设备消化吸收的机会,写了一本《国外服装机械》,专门介绍自动开袋机等国外西服专用机技术。

承担国家 863 科技攻关项目:服装计算机集成制造系统 (CIMS) 应用工程

1992 年,在纺织工业部领导的再三要求下,在学校党组织和领导关怀下,我借调纺织部,只身一人去到北京,出任中国服装总公司(现中国服装集团公司)总工程师,主要负责服装工程和科技工作。去北京我做的第一件事就是主持和承担了"国家 863 计划"中的一个项目——"服装 CIMS 应用工程",这个项目需要将服装整个生产过程例如服装设计 CAD、服装衣片裁剪 CAM、缝制、整烫、库存等五个步骤全部用计算机软件进行集成控制。

由于当时国内的信息技术发展相对比较落后,因此,CIMS 项目也是以引进国外先进技术进行消化吸收为主。引进的国外先进设备包括伊藤的吊挂系统,力克的 CAD 和 CAM 系统和日本的仓储系统。当时国家对 CIMS 项目十分重视,

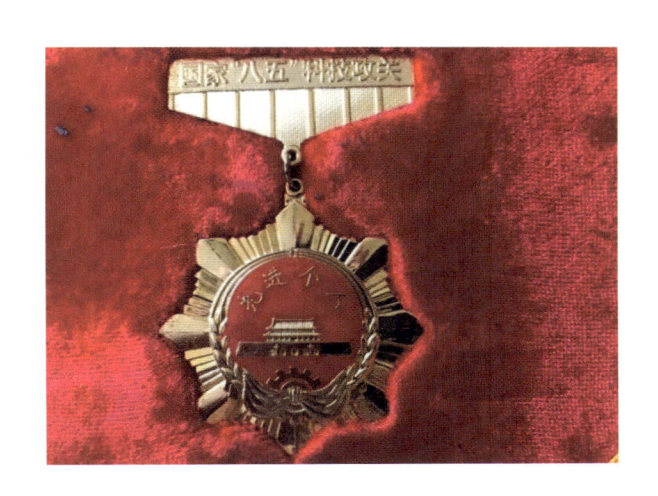

拨款 800 万元在北京建立了国家服装工程基地用来做示范工程研究。在国家的大力支持下，在我和我的攻关团队日夜奋战下，花了两年多时间，终于成功完成了 CIMS 项目，后来通过国家鉴定和验收。此项目对推动我国服装行业信息化与工业化融合作出巨大贡献，该项目于 1996 年获得了国家重大科技成果奖，我个人也因此被评为"八五国家科技攻关先进个人"，受到了江泽民等党和国家领导人的亲切接见。

为非洲国家纺织服装产业发展出谋划策

众所周知，非洲大多数国家是最不发达国家，但同时又是和我们极友好的国家，援助他们是我们义不容辞的事情。2002 年 12 月至 2004 年 7 月，为了执行商务部援外任务，由纺织建设规划院组织"中国纺织服装专家代表团"两次赴非洲埃塞俄比亚、坦桑尼亚、赞比亚等国进行纺织服装产业考察，帮助他们制订国家纺织服装产业发展规划，我们先后对埃塞俄比亚、坦桑尼亚、赞比亚的现有产业状况进行了考察，此次任务的完成为我国纺织服装向非洲转移打下了基础，我们专家一行也因此受到了商务部的表彰。

倡导成立洗染专业委员会发展服装产业绿色经济

我在服装行业不仅关心服装制造科技技术的发展，而且更关心服装产业的绿色经济、循环经济的发展，我们制造加工出来的服装，经过人们穿着消费之后，要洗涤整理后再穿着，当多次穿着以后服装不再时尚或破损时就要报废回收了，因此服装的洗涤与回收再生再利用成了服装产业过程中的重要一环。2005年3月中国商业联合会在我和一些同志倡导下，在北京成立洗染专业委员会，从这之后服装的绿色洗涤和回收有了管理机构。在专委会成立时我被聘为中国商业联合会洗染业专家委员会主任，一直兼职到今天。由于在洗染专业委员会做了洗涤设备的研究开发培训以及对洗染企业现代化作了一些引导，于2009年9月被中国商业联合会授予"全国洗染业功勋人物"称号。

承担"中国大百科全书"第二版纺织学科编写任务

"中国大百科全书"是一个国家科技文化进步的总结，随着科技文化的进步，中国大百科全书出版社都要在党中央宣传部和国家新闻出版署领导下组织全国各行各业专家参与全书的编写工作，几年或十几年进行一次修订，我有幸于2002年5月被聘为中国大百科全书第二版纺织学科副主编，我主要负责服装部分的编写，在多年编写和出版工作完成后，党中央宣传部李长春、刘云山等领导同志接见并表彰了我们。

为实现世界服装制造强国而不懈努力

2013年，我在将近80岁的时候，毅然从北京返回学校，本来想回到上海与家人团聚，安安稳稳地享受退休后的晚年生活。可是当我看到德国"工业4.0"发展战略时、看到美国"互联网+"发展战略时、又在2015年看到我国发布"中国制造2025"战略时，我献身于服装制造业的激情又被点燃了。

德国的"工业4.0"、美国的"互联网+"、我国的"中国制造2025"，其战略核心目标在于实现智能制造和智能生产，因此我们服装制造行业不能例外，应该在"中国制造2025"指引下，实现"中国服装制造2025"发展战略，也就是通过十年左右的时间实现服装的智能制造和生产。2016年5月8日，在工信部支持下，在中国服装协会领导下，中国服装智能制造联盟成立了，我有幸被聘为中国服装智能制造联盟专家组副组长，现在智能制造联盟内集结了服装制造企业、缝制设备企业、机器人制造企业、人工智能软硬件企业以及高等院校等70多个单位在一起，共同为实现"三衣（西服、衬衫、T恤）两裤（西裤、牛仔裤）"企业成为智能制造示范企业而努力。在2018年9月，全国首届服装智能制造大会上我作了"服装超柔性制造模式的构建"的演讲。在演讲中，我提出了新世纪新时代要以智能的、模块式的工位为主，打造扁平的、超柔性的、非固定式的、可重构的动态产线才是未来服装智能制造车间和工厂。

  我要继续为纺织服装事业而奋斗！特别是为把我国建设成世界服装制造强国、世界服装时尚强国前列而奋斗！现在我们已经明确2030年（也就是我健康工作70年的时候）服装企业智能制造目标，就是通过进行工业大模型在服装智能制造中的应用研究，实现由大模型驱动的少人或无人的服装智能制造车间和工厂，我要把余生为实现此目标而努力工作。

王士杰：从一名纺织学子成长为自动化、计算机领域教授

姓名：王士杰
学院部门：信息科学与技术学院
出生年月：1934 年 10 月
退休时间：1994 年 11 月

  我于 1934 年 10 月出生于一户贫寒家庭，1949 年初中毕业后考进了苏州市的五年制专科学校——苏南工专纺织科。1953 年，院系调整，进入华东纺织工学院纺机专业。1954 年毕业后留校任机械零件教研室助教。后于 1960 年左右调入自动化系。历经助教、讲师、副教授，于 1986 年经上海市高校职称小组审定，提升为教授。我于 1994 年退休。退休后继续在校内外做了比较多的教育、研究和生产工作，一直到 2014 年才停了下来。从一个五年制专科毕业生成长为有点声望的教授，我所走过的每一步，都离不开党的教育和培养。首先，按我的家庭条件，在旧社会连读完高中都不大可能。进入苏南工专以后，国家在经济相当困难的条件下，于 1950 年实施了学生的全面助学金，不仅全免了学杂费，连伙食、住宿费都包了下来，使我非常顺利地完成了学业。在苏南工专期间，在学校党组织的教育下，不仅打下了一定的业务基础，同时要求我们积极参加各种政治运动，特别我们这个班级，也参加了 1952 年的思想改造运动，

从而使自己的学习目的从主要为自己的成家立业，转变到为人民服务、为国家的建设做贡献上来，1953年，我加入了共青团。

起步在华纺步入学术轨道

在华纺毕业后，学校还破格地把我们五个专科生留在正规的高等学府里当了助教。进一步受到党的教育和培养，思想觉悟有了提高，于1956年加入了中国共产党。在业务上让我们上讲台、搞科研，按标准及时为我们升等升级。我从学纺织改行纺织机械、仪表、自动化再到计算机，变化幅度之大，范围之广，是教师中所少见的。我是同一代青年教师中，第一个升任副教授和教授的，这不能仅仅看作是我个人的主观努力，而主要是党的悉心教育，按照党的实事求是的原则，不看学历，主要根据教师的实际表现和业绩的结果。

另一方面，学校还安排我于1987年担任自动化系的主任，还担任过两任市职称评审小组的成员，全国生产过程自动化专业教育指导委员会的成员，纺织部生产过程自动化专业教育指导委员会主任等职务，使我有机会同全国各高等学校的同行专家、教授在一起研究本专业的培养目标、教学计划、课程设置、教材编制、评审和推荐专业课教材等。这使我扩大了眼界，进一步提高了业务水平。自己在本校培养硕士研究生近十名，还经常审阅本专业其他著名高校，如浙江大学、上海交通大学、华东理工大学的博士和硕士论文，参加各种评审会等。以上都是出于组织的教育、培养。下面再说一下自己的主观努力。

在每次学校给我选择的机会时，我都能抓住机遇，选择了有利于发展自己才能的方向。我比较善于学习，有较强的空间抽象和分析自学能力，比较适合学习物理、数学等理科专业。例如，在苏南工专期间，我就自学了微积分等。所以在纺织工艺和纺织机械的分专业时，我选择了后者。学校停办仪表专业后，在选择回机械零件教研室还是留在自动化系、继续搞仪表课和过程控制时，我又选择了后者。在学校引进了国外的大型计算机后，我率先踏进了机房，学习计算机的使用，这不仅由此解决了教学和学术上的很多问题，更使我后来成为本校计算机使用和维护的领先者之一，经常到同事们家里，为他们解决各种计算机上的问题。

忠诚于党的教育事业，刻苦向各种学科努力，全心全意地把精力扑在教学和科研上。为了提高教学质量，我在机械零件教研室时，我自学理论力学、材料力学、机械制造和微分几何等课程。学习俄语、日语和英语，并购买了相当

数量的外语技术书籍，都达到了可以阅读专业技术书籍的能力，可惜前两种外语，后来因长期不用忘了，而在英语方面有一些学术贡献，后来，在《译言》等网刊上发表了有关文艺、科普、古文等主题的很多篇中英互译文章。到了自动化系，自学了电工基础、电子技术、自动控制理论、计算机及其仿真技术等。为本科学生教授过的课程，主要是"调节器原理与装置"，也开过"电子技术"和"控制系统的计算机仿真"等，为研究生开出"数字控制系统"等。教学质量反映较为良好，不仅通俗易懂，且有一定的独立见解。当时曾有流传，自动化系有两位讲课较好的老师，一位是电子学教研室的邵曰祥，另一位就是我。自动化系曾经开过一次教学经验交流会，由我向同事们介绍自己的教学体会，我写了一份发言稿《关于提高课堂教育质量的一些体会》，在会上发言，反响良好。

教学、科研成果倍出　立足仪表学术界

我的第一本保存完好的手写讲稿是《机械零件大讲稿》。1956 年左右，在纺织机械系时，我博览群书，其中不少是俄文书籍，花了近两年的时间，写就了 400 多张、正反两面的机械零件的大讲稿，每页边上留有一定的间隙，以便修改、添加和补充。每次对不同要求的班级，就根据所选教材，选择大讲稿中一部分另写讲稿。

我第一次发表的论文是于 1956 年 12 月，在国家一级刊物《机械工程学报》上发表的《斜齿圆柱齿轮法面齿廓在极点曲率半径的确定》。这是一篇对外校学者于 1955 年 9 月所发表论文的"讨论",我运用微分几何学的数学理论,纠正了他论文中存在的问题。从此以后,到 1994 年退休为止,在各种类型刊物上发表了论文近 90 篇。其中国家一级学报:机械工程学报(1 篇)、计量技术与仪器制造(1 篇)、仪器仪表学报(1 篇)、控制理论与应用(2 篇)、计量学报(2 篇)和本校学报 13 篇,其他多为国内自动化和仪表方面的专业刊物,如《炼油化工自动化》《化工自动化及仪表》《自动化仪表》《计量技术》以及生产过程学术年会上入选的《论文集》等。

我第一本编写出的仪表教材是《动圈仪表》。在 20 世纪 70 年代,各行各业均需要使用大量的温度显示和控制仪表,我在上海热工仪表研究所朋友介绍下,到位于青浦的上海自动化仪表六厂蹲点,学习当时广泛使用的、从日本引进的动圈仪表,在该厂技术人员和工人师傅的帮助下,比较深入地分析了这类仪表的工作原理和调校方法,写出了教材《动圈仪表》,其中还附有较有深度的三篇论文。该教材不仅在教学上取得了很好的效果,同时取得了社会上的广泛欢迎,学校里印刷的教材很快销售一空,仪表六厂为此翻印了四五次,以提供当时广大的中小型仪表厂和用户的需要。以后我就和上海自动化仪表二厂、三厂和六厂合作,由我来编写这些仪表厂的产品。由厂方出钱,不断油印出版发行了《TA 仪表》,从《热电偶热电阻》《温度显示调节仪》到《执行机构》等六本系列教材,由工厂向外销售。我没有拿取稿酬,只是保持了同这些工厂的良好关系,为送学生到这些工厂实习、参观提供了方便。由于编写教材成功和学术论文的陆续发表,我在上海的仪表学术界有了一些名气。根据自己独立见解,于 1992 年 12 月由纺织工业出版社出版了《电动调节器原理和系统分析》一书。于 1996 年 4 月审定了华东化工学院吴勤勤教授主编的生产过程自动化专业教材《控制仪表及装置》一书。

我第一次参加仪表界的学术会议是广东肇庆召开的动圈仪表技术标准审定会。因为《动圈仪表》的编写成功,引起了当时仪表研制和审定的主管单位——上海热工仪表研究所的注意,发邀请函到学校,请我去参加动圈仪表技术标准审定会。当时还处于"文化大革命"后期,教师还不大出差,我却被批准参加了这次会议。在会上,我认识了国内不少仪表厂的技术人员。特别加深了我同上海热工仪表研究所的联系,我成为该所的常客,老所长吴庆炜对我也比较重视,介绍我认识了当时从温州到上海来办厂的企业家叶秋芬,为我在退休

王士杰：从一名纺织学子成长为自动化、计算机领域教授

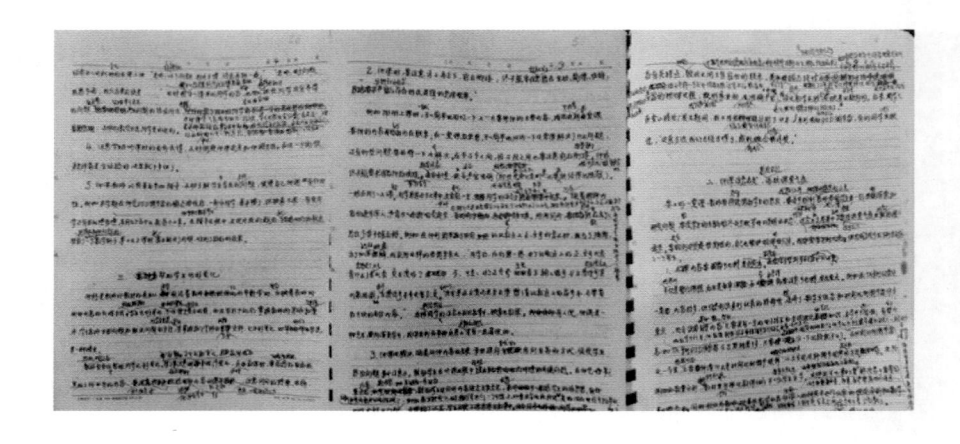

后能参加亚泰仪表有限公司的创办提供了条件。副所长范凯，是国内著名的温度专家，他无私地给了我温度理论的68和90温标以及温度理论的国际动态，我就运用计算机编程技术，把90温标数字化，并完成了各种热电偶、热电阻的最优分段线性化的计算程序，并开过一个小型的论证会，认为正确可行。这个小型的研究成果，至今还在一些温度仪表厂在设计仪表时使用着。自此以后，我在华东化工学院蒋慰孙教授（他是全国博士点和博士生评审委员会的委员和全国生产过程专业教育指导委员会的主任）的帮助和带领下，有一段时间内经常到各地高校和各大化工厂参观、考察。

我第一次完成市级的科研项目是适用于大纯滞后过程的自适应调节器。此项目由上海第六仪表厂投资，由我来主持设计、厂里制造。由于自适应调节器要用到控制理论中的辨识理论，辨识出对象的数学模型，加上PID最优控制，在体积不大的仪表和芯片里，要采用比较复杂的矩阵运算。当时，我只会高级的计算编程语言，对专门为智能仪表编程所采用的MCS-51语言不太熟悉。我就把这部分工作交给了我所指导的研究生、留校教师翟大伦去做。花了一年多时间，他基本上完成了任务，制造出一台能够工作的仪表，但离公开鉴定的要求，还有一大段距离。就在此关键时刻，他提出要赴美国工作。两难之下我还是同意他离校去美。留下来的任务怎么办？当时我的在学研究生陈瑶，居然能把翟大伦留下仪表的芯片里的程序，用反汇编的方法搞了出来。但是这种语言文本，子程序的名称只有代码，很难看懂。我又面临两难，如要陈瑶把这个项目继续搞下去，那就势必影响她自己的学业和研究课题，同时到产品鉴定时，我会一问三不知，比较被动，于是我下决心自己来搞，记得在一段很长的时间里，我

早出晚归，在实验室里，刻苦学习 MCS-51 汇编语言，把每一个子程序的思路搞清楚，更换了易懂的名称，弄懂了设计带有芯片的智能化仪表的程序；并根据自己的意图，做了比较大的修改；终于最后顺利地通过了鉴定；并为我在退休后，能顺利地帮助上海亚泰仪表有限公司设计并制造出简单、实用、具有较大经济效益的自整定温度控制器奠定了基础。我在职期间，有两个科研项目通过了市级鉴定，退休后在亚泰仪表有限公司有两个项目通过了市科委的鉴定。

老骥伏枥踏入新领域讲授新课程研发新产品

1994 年 7 月我按时退休了。在退休后的岁月里，我干了些什么？

（1）我在 2004 年参加了本校的"关心下一代工作委员会的银发讲师团"，为青年大学生开讲，主题为"做人与求学之道"，受到学生们的欢迎。并于 2004 年 8 月 27 日由学校人事处、组织部组织，给新入校的教师讲课，"言传身教当一名合格的教师"，并举右手带领新教师宣誓"忠于党的教育事业"。这是党组织又一次对我的培养和教育，我应该深深记住。

（2）我开始了计算机教学工作，曾三次为本校学生开设 C 语言的课程。特别是第三次。当时，本校计算机系的 C 语言课程的原定教师，因某些原因，不能开班上课。我一个不是计算机系的退休教师，却应计算机系领导的邀请，救急站上了计算机本科生的讲台。我比较认真，每次上课都自己在计算机上撰写讲稿，并及时印发给学生，这样可以使学生在听课时，能更认真听课，只要在所发的讲稿上，加点补充和写点体会就可以了。这种方法既受到学生的欢迎，也取得较好的教学效果。同时我亲自到实验室带实验，并回答学生在实验以外的计算机问题，如 Matlab 的使用方法，等等。

（3）我曾在由自动化三厂和六厂等单位合并成的上海自动化仪表研究所当技术顾问。在那里，曾为技术员开出了有较高要求的计算机课程C++。每星期一次，每次约2.5小时，我采用一本要求较高的C++的教材，每次都印发讲稿（已装成合订本），有习题，有考试，经过十几周的教学过程完成了任务。

（4）支持创办上海亚泰仪表有限公司。1991年创办的亚泰仪表厂，有资金，但苦于缺乏技术力量，难以开发新产品。王健安是我校1999年仪表专业的毕业生，他创办了一家仪表小厂——久健仪表厂，我当时就在他厂里当技术顾问。王健安具有仪表的设计、生产和工厂管理的能力，但苦于缺少资金，工作相当困难。经过我的介绍和撮合，把亚泰仪表厂和久健仪表厂这两个厂合并了起来，于1999年成立了上海亚泰仪表有限公司。由我、王健安和原来在亚泰仪表厂的青年技术员盛范成一起，在1999年6月共同研究开发成功了该厂第一代的智能式的温度控制器——"自整定温度调节仪"，该产品于1999年6月通过上海科委组织的新产品鉴定。2000年6月获得国家重点新产品证书。2000年6月，"智能数字显示调节仪"获得高新技术成果转化证书，2000年12月该公司又获得高新技术企业认定证书。这个产品成为该公司起步后的第一个拳头产品。我在亚泰公司所起的作用主要在于"介绍和撮合""培养技术人员""设计新产品"和"英译全本产品说明书等技术资料"等四个方面。

现在我已是实足90岁的老人了。在党的关怀下，有足够的养老金，有红卡待遇的医疗保障，身体也还比较健康，头脑比较灵敏，还能做一些家务，以及维修计算机等家电产品。我努力学习党史和党的方针政策，这次被退教协推荐为与青年学生对话的东华"大先生"，我应该尽力而为，决不辜负党对我一生的培养和教育，为献身于祖国的强国建设而奋斗终生。

耿兆丰：为服装生产制造智能化转变贡献力量

姓名：耿兆丰
学院部门：信息科学与技术学院
出生年月：1938 年 10 月
退休时间：2008 年 9 月

我是耿兆丰，1938 年 10 月出生于江苏省张家港一个普通家庭。1958 年进入华东纺织工学院机械系电气 581 班学习，1962 年毕业后，留校工作，后来自动化系从机械系分出来，我就一直在自动化系（后改为信息学院）工作，直到光荣退休。作为一名教授和博士生导师，同时也是一名共产党员，我的教育和科研生涯，是一段既平凡又充满挑战的旅程。

开设学科前沿课程培养学生实践能力

我长期从事教育和科研工作，开设了"计算机控制技术""计算机图形学""智能系统与控制系统"等课程，培养了十多名硕士生和博士生。我受邀多次在全国会议上发言介绍经验，并发表了 100 多篇论文，撰写了多本专业著作。

在教学方面，我指导 60 多名青年教师和研究生教学获奖，我们的研究方向包括工业自动化、智能控制、计算机辅助设计等。我主持了国家级科研项目

包括国家自然科学基金项目"自治车及机器人智能控制系统"和"环境模型表示及自动获取",以及原纺织部重点攻关项目"服装CAD/CAT系统研究与应用"和"进口服装设备技术消化研究",学生们在科研课题的参与中得到了锻炼,掌握了学科的前沿知识。

在我的职业生涯中,我有幸于1981年和1987年分别作为访问学者赴日本和美国进修,这些经历极大地拓宽了我的视野,也为我后来的科研工作打下了坚实的基础。

面向纺织服装行业主动争取科研项目

除了参与国家和部委的课题,我还主持了上海市科委、教委的五项项目,包括"培罗蒙智能服装CAD综合应用系统"(获上海市科技进步三等奖)、"姿态可调式暖体假人研制""出汗假人方案实验研究""三维服装CAD开发应用实验室可行性研究"以及"结合科研、毕业设计及研究生培养提高自动化专业实验水平"(获上海市高等学校教学成果二等奖)。这些项目实践性更强,多个项目经专家鉴定均达国内领先水平。

耿兆丰：为服装生产制造智能化转变贡献力量

锦绣东华 春华秋实——青年学生对话东华「大先生」

培罗蒙西服公司创建于1928年，"半个多世纪的骄傲"，这句耳熟能详的广告语是培罗蒙辉煌历史的写照。凭借选料考究、做工精湛、风格独特的男士西服，培罗蒙享誉海内外。但老字号如果躺在"老"字上吃老本，缺乏现代经营管理手段，缺乏创新，就会被市场淘汰。我们课题组主动与培罗蒙公司取得联系，双方很快达成共识，共同设计了"培罗蒙智能服装CAD综合应用系统"。这是一个当时风行国际的服装设计快速反应系统，分别由服装款式设计、换装换料、服装款式设计信息管理、服装定制数据库管理及服装款式集成演示五个子系统组成。这套先进设备，集数据采集、款式面料选样、CAD设计出样和客户资料管理于一体，不仅省却了人工试样的环节，更使缝制成的西服服帖，穿着合身，显精神。这个项目荣获了黄浦区政府颁发的"1998-1999年度科技进步二等奖"。

薪火相传关工委工作十年

2011年，我退休后受邀担任信息学院关工委分会常务副主任、研究生督学组组长。为了学校的教育事业，我义不容辞地挑起了两副担子，全身心地投入到培养、教育和关心下一代的工作中。带领分会全体老教师，积极配合信息学院党政，开展了一系列关心下一代工作的活动。我主动与学院党政领导联系如何做好关心培养学生的工作，认真与学院进行专题交流，了解学生现状和需求，虚心听取分会退休老师们的意见，发扬群策群力的优势，并让老教师们各展所长。在学院党政支持下，很快组建起了学院老教授咨询组，并根据老教授们各自的专业特长、工作特色，组成了考研促进工作组、党建工作指导小组、职业发展咨询组和学涯规划指导小组，将分层育人理念落到实处。老教授们针对不同年级不同群体学生，开展了一系列重实效、切主题的工作，每次活动后学生们都颇有收获，反响非常热烈。

　　凭着对学校教学、科研领域的熟悉和了解，凭着对教育工作的无比热爱，督学组做了大量卓有成效的工作，为提升研究生培养质量作出了积极贡献，重点参与研究生教学的课堂听课、评阅论文、教学档案检查、研究生开题、预答辩等巡查以及研究生考试及招生面试复试等工作。自担任督学组组长以来，平均每年听课、评课60门次；平均每年评阅研究生论文9篇；平均每年检查2个学院教学档案，20门课程左右；平均每年参加研究生的学科巡视工作5个组；平均每年参与研究生硕士、博士招生复试巡视工作4个学院，约8个组。还参

加每学期开学初、节假日等的教学巡视工作以及期末考查、考试课程的巡视工作等。我深知肩上责任的重大，工作从不懈怠。我与研究生部等相关领导沟通商讨，安排好每月一次的督学组全体成员的例会，会前让每位教授有所准备，交流汇报并布置下一步工作任务，对共性问题展开讨论，对教学档案等归档做得完整的学院进行表扬推广等。

虽然我退休了，但我割舍不下的是那份师生情谊。我组织几位老教师主动与信息学院 5 名贫困生结成对子，关心他们的学业和思想状况。用一次次深厚的爱与温暖的话语滋润着学子们的内心。在一次聊天时，我得知一位贫困同学想了解专业领域相关的书籍，我在家里找到了十几本专业书籍送到这位同学手里，同学深受感动。

2020 年 10 月 30 日，在信息学院关工委分会的工作交流会上，我正式卸任学院关工委常务副主任，校关工委常务副主任浦解明、时任信息学院院长王直杰等领导都参加会议，我们关工委的工作得到了学校的肯定。

寄语青年学生

亲爱的青年学子们，我想对你们说，以教育人，以德育人，这句话是一点都不错的。我也是从贫困农村家庭升上来的，我读书时还是农村人，但我始终相信，我应该好好去学习，去报答祖国，这是关键的。这个时代以德育人，一个学生，碰到困难，自己要解决它，克服它。

我希望你们能够珍惜在东华大学的学习机会，不仅要学习专业知识，更要培养自己的品德和解决问题的能力。未来的路还很长，但只要你们坚持不懈，勇于探索，就一定能够实现自己的梦想，为社会作出贡献。

愿你们以梦为马，不负韶华。

陈家训：人生不怕耕耘苦 祖国处处皆沃土

姓名：陈家训
学院部门：计算机科学与技术学院
出生年月：1934 年 4 月
退休时间：2004 年 2 月

九十春秋人生路，跌宕起伏时代中。

八年大学留学秀，四十四年园丁工。

多少学硕博士生，桃李兰梅相映红。

人生不怕耕耘苦，天涯何处无沃土。

我用这首小诗来总结我一生的从教生涯，在 40 多年的教育与科研生涯中，我始终以赤诚之心、奉献之心、有为之心和仁爱之心投身教育事业，一生躬耕于教育和科研强国的建设发展之路。

赤子逐梦 四海求学为报国

在新中国诞生之后，在党的培养下，我坚定了为祖国建设事业奉献一生的信念，我于 1950 年加入了新民主主义青年团，在党组织安排下，我先后赴京

及出国留苏留英，开启了求知之旅和献身党和国家事业的壮丽征程，践行了"国家培养我，我要为国做贡献"的诺言。在新中国急需工业化人才时，1952年我进入清华大学机械系汽车设计与制造专业学习，一年之后我响应国家号召，并通过了选拔开始了留苏学习之旅，在苏联，我度过了一段充满挑战但颇有收获的留学生涯。在苏联列宁格勒工学院五年半学习生涯中，我怀着"一定要学好本事回来建设祖国"的信念，发奋刻苦学习，以32门课A、2门课B的95%优秀成绩率于1960年获得了"优秀毕业生"荣誉称号。我圆满完成留苏学业后回国，回国后接受组织上安排到上海的华东纺织工学院，参加创办自动化专业教育工作。

1978年12月，党的十一届三中全会吹响改革开放号角后，为满足国家"科技是第一生产力"和"教育、科技强国"的时代需要，回国已工作19年的我再次通过人才选拔考试，被组织派往英国曼彻斯特大学理工学院继续深造，再次开启出国留学的求知旅途。我的第二次留学生涯，同样以卓越的科研成果受到校方的嘉奖。我没有选择继续留在国外，根据组织要求毅然按时选择回国，并带回一台局域网七层协议模拟研究成果样机献给母校。

自强不息 坚持科研筑基石

在东华大学任教期间，我以自强不息的精神，不懈追求科研卓越，将毕生心血倾注于祖国的教育、科研事业，为国家的科技进步和社会发展贡献着自己的智慧和力量，始终践行"教育和科技强国"的坚定信念。

陈家训：人生不怕耕耘苦 祖国处处皆沃土

　　1968年，为响应教育要结合实践，我与其他几位老师一起创办了一家可控硅电子元件厂。在没有资金、没有设备、没有经验的情况下，我们靠着自我学习和不断探索实验，通过募集资金研制设备，获得小试产品成功，并市场销售，为校内创办实践基地作出了一定的探索贡献。1972年，在上海市数控机床会战中，我通过查阅国内外大量相关资料、掌握了数控机床的原理和技术要素，带领相关企业技术人员，自主研发了专用设备，通过两年的潜心研究，成功研制了专用数控机床，并开出了数字控制技术新课程。1984年，我接受领导指派建立一个计算机应用研究室，一切需要"白手起家"。我为争取到启动项目，为创建实验室奠定必要的基础，多方奔走，在1985年得到纺织部的支持并下达纺织部重点科研项目，纺织工业企业局域网建设和应用系统研究项目。

桃李天下 投身教育勤耕耘

　　我自投身教育事业以来，便矢志不渝地耕耘在知识的田野上。我深知教育是国家发展的基石，是民族振兴的希望，满怀"教育和科研强国"的家国情怀，1986年我加入了中国共产党。

　　1978年，教育部决定恢复研究生的招生工作。我清晰认识到，人才培养是"教育和科研强国"的重中之重，要提前部署和争取硕士和博士研究生的培养资质，要把计算机应用研究室努力建成一个培养高层次计算机应用人才的基地。

　　在上述教育背景需求下，在教学环境方面，我带领自己的团队进行了更多科研与实际应用相关的科研活动，并成功与企业展开了多个项目的合作。我用

项目资金置办研究室里的新电脑和相关新设备，使研究环境得到了显著的改善。在教学内容方面，我认为必须让学生们接触理论性较强和计算机应用专业前沿的知识和技术，相继开设了"分布式处理"和"计算机网络"等课程，还撰写了著作《CIMS网络设计技术》。我在担任教授和博士生导师的15年期间，带领我的硕士生、博士生完成了基于互联网和数据库应用前沿技术的近30项科研项目，其中有国家自然科学基金项目，教育部重点科研项目，科技部、国信办下达的信息化应用示范工程项目，欧盟与中国合作的科研基金项目，上海市科委、市信息委、市教委、市政府办公厅等下达和委托的科研项目，还有与国内外大企业的合作项目，涉及面向对象多媒体数据库系统、虚拟现实应用技术、数字人体建模和量体制衣系统、局域网协议仿真系统、校园网系统设计、互联网应用公共服务平台设计、钢铁和纺机行业制造业资源管理系统和元数据数据标准集等。在完成这些项目的同时还获得了多项专利，软件著作权和上海市科技进步二、三等奖等多项荣誉。

随着计算机科学技术不断发展和相关人才的社会需求，东华大学于1994年成立计算机科学与技术系，我被委任为副主任。我除了自己的本职工作还要负责计算机系的部分管理工作，东华大学校园网的设计任务也委托我主持设计完成，后来我也参与到上海市教科网的建设工作。当年我的同事朱国进教授感慨得益于我关于"顶天立地"的教学理念，他说"顶天"是学术上勇攀科技高峰；"立地"是脚踏实地地作出成绩。从攻克项目难题时的通宵达旦，到数十年如一日地在三尺讲台执教，把"顶天立地"的理念贯彻于职业生涯的实践中。

时代越是向前、国家越是发展，越需要一大批"心有大我、至诚报国"的好教师。90年来，我见证了时代的跌宕变迁，亲历了现代化祖国的建设，为祖国的教育与科研事业贡献了自己的聪明才智，助力科教事业的蓬勃发展。志向高远，勇攀学术高峰；脚踏实地，坚守求实品性。时光荏苒，唯有赤心不改；高山仰止，应将榜样永记。

邢传鼎：1986 年我们就有了计算机硕士点

姓名： 邢传鼎
学院部门： 计算机科学与技术学院
出生年月： 1938 年 3 月
退休时间： 2008 年 3 月

我出生于 1938 年 3 月，浙江嵊县人，1961 年 7 月本科毕业于华东纺织工学院数理系电子专业，毕业后即留校任教。

感谢学校培养　赴国内外学习进修

在学校党组织和领导的关怀和培养下，1961 年 9 月，我被派往华南工学院（现为华南理工大学）进修两年：第一年在固体物理系学习半导体分立元件，小规模集成电路器件和模拟计算机系统；第二年在计算机系学习数字计算机系统结构。通过两年的学习进修，进一步提升和夯实了自己的集成电路和计算机体系结构的相关知识和实践能力。

1979 年 12 月，我参加纺织部组织的科学技术考察代表团赴日考察，学习日本纺织先进技术一个月时间。这期间，我主要承担的是考察自动化系统和计算机应用技术在纺织生产技术更新中的作用。

1987年至1989年，在学校党组织和领导的持续关怀和培养下，我以高级访问学者身份被派往美国马里兰大学机器人实验室学习和开展协作科研。其间，我参与了两款同类型的示教机器人控制系统的研究与开发。

学成归来参与创办计算机系和多个研究中心

科研访问结束后，我按期回国。回校后，我先后积极参与了创办校计算中心、计算机科学与技术系、图像中心、机器人视觉研究室，以及筹备计算机专业学士点和硕士点，参与撰写申请材料等相关工作，我校在1986年就有了计算机科学与技术硕士点，这在上海高校中是较早的。

在组织的培养和信任下，我先后被推上中国纺织大学自动化系副主任和计算机科学与技术系主任的工作岗位。为进一步拓展学校的社会影响和产研学结合，把专业知识更好地赋能生产力发展和创新，我被推荐为上海市纺织工程学会电子信息专业委员会主任和上海市纺织工程学会理事。

教书育人　做一名学习研究型教师

在48年的执教生涯中，我坚持做好教书育人教师工作，先后主讲了"人工智能及专家系统""知识工程"和"多媒体原理及技术"等课程。发表的论文涉及"日本纺织工业计算机应用""涤纶生产流程集散控制系统的研究""SNMP

与异构网络的互联""化纤生产实时专家系统"等与纺织领域相关的计算机应用技术研究与实践。编著的教材有《多媒体技术及应用》《中学科技百科全书(软件分册)》。参与合编的书籍有《PC总线工业控制系统精粹》和《人工智能原理及应用》等。

在教学、科研工作中先后取得的主要科研成果有:"化纤生产流程数字巡回扦测系统""示教机器人控制系统""涤纶短纤工艺流程计算机监控""汽轮机调速计算机测控系统"等。其中"染整工艺过程部分参数自动控制提高产品质量研究"获得1987年"纺织部科技进步奖","棉纺工艺设计与管理系统"获得1989年"江西省科技进步三等奖"。

银龄再出发　支援立信会计学院

2002年,我在从教满41周年之际,又服从组织上的安排,被派往上海立信会计学院支援该校专科升本科工作,一共工作了5年多时间,其间我协助健

全了师资队伍建设，协助创办了信息管理和信息系统、计算机科学与技术等两个本科专业。

2008年2月，从立信调回东华大学计算机学院。难忘的是学院给我举办了70岁生日庆祝活动，时任院长乐嘉锦老师、总支书记孙莉老师和老书记方玲丽老师都来参加了。

受聘参加首届督学组　　为学校研究生教育做点工作

2012年5月，学校第一届研究生教育督学组成立，我和张元明、眭伟民、黄秀宝、耿兆丰、黄象安、叶国铭、陈敬铨、夏金国、张文斌等10位退休老师受聘为督学组首批成员，时任副校长邱高出席仪式并为我们颁发聘书。

邢传鼎：1986年我们就有了计算机硕士点

乐嘉锦：努力做中国数据库领域的"大国工匠"

姓名：乐嘉锦
学院部门：计算机科学与技术学院
出生年月：1951年2月
退休时间：2016年2月

我是乐嘉锦，出生在新中国成立两年后的1951年。我的童年见证了新中国的起步，青年时期经历了改革开放的浪潮，中年时期目睹了祖国的腾飞，也有幸成为学校计算机科学与技术学院的首任院长。

"打井精神"塑造了我的信念

我始终如一地热爱自己的专业——数据科学与工程方向。1978年我作为工农兵学员从复旦大学毕业后，边工作边努力复习专业知识，于20世纪80年代初考入复旦大学计算机科学与技术系研究生，师从我国第一代从事关系式数据库原理及其实现方法研究的知名教授施伯乐老师。1984年，获得复旦大学理学硕士学位，研究生毕业后，即分配到华东纺织工学院自动化系工作。从讲师、副教授、正教授到博导，兢兢业业在教师岗位工作了35年，培养了硕士、博士生逾百名，为关系式数据库的原理、研究及应用实践人才培养作出了一定的贡献。

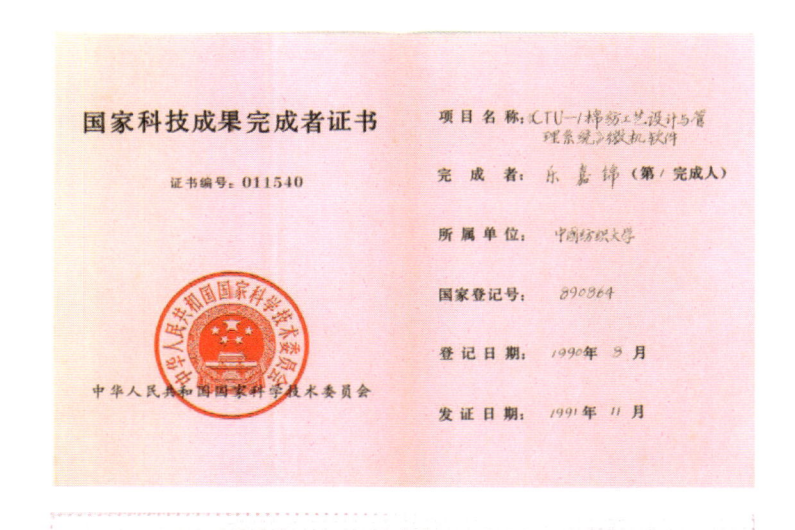

2004年6月，学校决定成立计算机科学与技术学院，并让我担任首任院长。当时学院的教职员工仅47人，进校科研经费才42万元，非常弱小。为了学院的发展，我们四处物色优秀人才，我的大学同学、获得国务院政府特殊津贴荣誉证书的苏厚勤教授级高级工程师也被邀请加盟。"人心齐，泰山移"，我们全院教职工遵循"求真务实、和谐发展"的院训，踏踏实实地从小事做起，务实做事、不虚不假、不做包装、精耕细作，心情舒畅地团结合作，愉快地一起工作。如今，学院已经成长为东华大学不可或缺的一块重要版图。

我的科研准则是发扬"打井精神"。我出生、成长、工作都一直在上海，是个典型的上海城市人，但是我时刻践行着"打井精神"。我常对青年教师和

研究生说：我们搞科研就应该像打井一样，不要贪多，不要赶时髦，不要三心二意，要专注于一个科研领域深入研究，就如同打井，要把井打深、打透、打出井水来，这样才能出有价值的科研成果。

在担任计算机科学与技术学院院长期间，我想方设法为学院实验室购置了大量的软硬件设备，为学院的老师和同学们提供了良好的学习与科研环境。我积极开展学术讲座，向学生介绍IT最新成果和前沿技术，帮助学生拓宽眼界，展望未来；积极开展学院校友会活动，组织校友交流学术心得。我一贯提倡要提高学院教师的业务能力，学院必须"办学国际化，国际化办学"，努力与国外多所大学建立了校际联系，选派青年教师和学生出国访问、学习，收到了很好的效果。

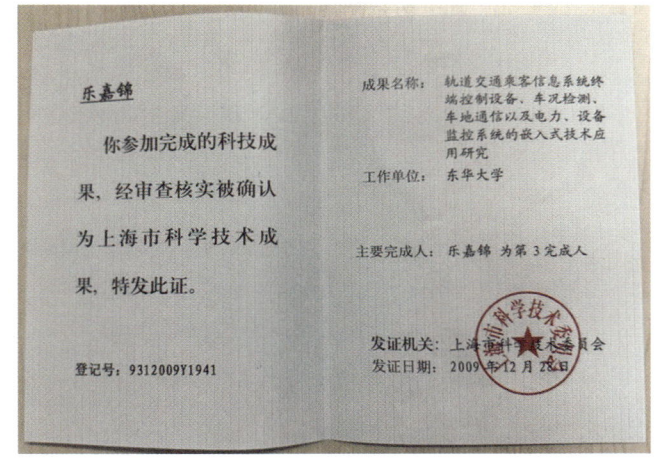

乐嘉锦：努力做中国数据库领域的"大国工匠"

一心钻研数据库系统和应用

作为一名大学老师，我以身作则，立德树人，在追逐自己的梦想时，也帮助了许多大学生、研究生筑梦，培养了许多优秀的毕业生。许多毕业的学生在创新、创业方面硕果累累，有些学生已在政府的IT部门或中心担任重要技术职务，引领和指导着上海市大数据与人工智能及其应用的标准制定及发展方向。

对一个国家来说，数据库的建设规模、使用水平已成为衡量该国信息化程度的重要标志之一。看到我国数据库领域的理论与技术创新、产品品牌建设等方面还显不足，我们在这个领域进行深入探索。2009年3月30日至4月2日，来自全球范围的近30个国家和地区的400多名数据库领域的学者、专家和企业家集聚东华大学，参加数据库领域的国际顶尖学术盛会——"第25届国际数据工程大会"（ICDE2009）。这个重要的会议由计算机学院来具体承办，组织并参与 ICDE 这样的国际高端学术交流，不仅能促进大学学术交流和学院学科发展，更能让我国相关研究者和工作者充分分享数据工程的最新研究成果，跟踪发展动态、探讨发展前景，促进我国数据工程专业水平的提升。这次大会充分展现数据工程业的创新之美，成为成功、难忘、精彩的一次学术盛会。

我们团队参与地铁轨道交通多项软件开发、瑞金医院管理软件、档案管理软件开发，其中"光典"档案管理软件荣获"上海市科技进步三等奖"，"轨交末班车可达多路径换乘查询系统"2009 年获"中国国际工业博览会中国高校展区优秀展品三等奖"，城市轨道交通网络化关键设备及安全实时嵌入式操作系统的自主研发及应用于 2014 年荣获"上海市科技进步一等奖"和多项科研成果登记。我也有幸获聘成为上海市学位委员会第四届学科评议组成员。

乐嘉锦：努力做中国数据库领域的「大国工匠」

薪火相传　　培养青年学生

2016 年我光荣退休，退休后我也一如既往地关心和支持学院的发展，担任计算机学院校友会荣誉会长，积极组织校友们开展活动。我积极参与关工委"五老"活动，为"立德树人、教学育才"和青年教师发展做了一些工作。2019 年我被上海市人民政府任命为上海市信息化创新改造专家，为上海市各级党政机关和社会团体的信创改造信息系统的建设做了一些贡献。

2022 年，我当时 71 岁，参加网上学习并考试，获得了国产麒麟操作系统 OS 高级讲师证书，成为同期参加考试的最高龄学生。

百年征程波澜壮阔，百年初心历久弥坚，打井不是一朝一夕，需要用一生去践行。精神如炬，信念如磐。

郑利民：为祖国教育事业，坚守在教学和科研第一线

姓名：郑利民
学院部门：化学与化工学院
出生年月：1938年4月
退休时间：2008年4月

我1956年入学华东纺织工学院，毕业后留校在纺化系当助教、讲师。1981至1983年赴美国加利福尼亚大学洛杉矶分校生物化学系，在美国科学院院士霍桑的研究团队当访问学者，从事配位和金属有机化学的前沿研究。1986年任副教授，1990年任正教授，1993年任博士生导师。在1990年和2000年间，连任两届教育部工科化学课程指导委员会委员，是我校首位在国家化学课程指导委员会任职的老师。1997年出任上海市国家级教学成果鉴定委员会委员。1999年出任上海市高校名教授讲师团成员。2008年退休。

自强不息，勤于教改，潜心教学

在职48年中，我曾承担多门本科生和研究生化学课程（如无机化学，无机分析化学，普通化学，近代无机、配位化学，金属有机及实验方法，化学英语等）。站好讲台是教师的职责，工作期间我教学严谨、敬业，教学相长，注重启发式的教学方法，强调循序渐进的思维和跳跃式思维相结合，开拓学生的思路，提高分析问题和解决问题的能力，受到学生们的欢迎。

面向21世纪，化学基础学科要关注与本科密切相关的其他交叉学科，除旧取精，我主编了两本教材和参考书，一本是《缺电子碳硼化合物》（高教出版社，1993年），该书结合科研，运用群论，反映近代无机化学的新领域，以开拓学生视野，启迪创新意识；另一本是《简明元素化学》（化工出版社，1999年），由南开大学申泮文院士审核，被评为首批质量较高的教材，也是我校首部面向21世纪的化学新教材。申院士写道：在吐故纳新和理论联系实际上体现工科特色，在共性规律的基础上，除旧取精，简明而有重点地剖析若干典型元素和化合物，并考虑安全和环保意识，该教材经多校使用，受到师生们的欢迎。

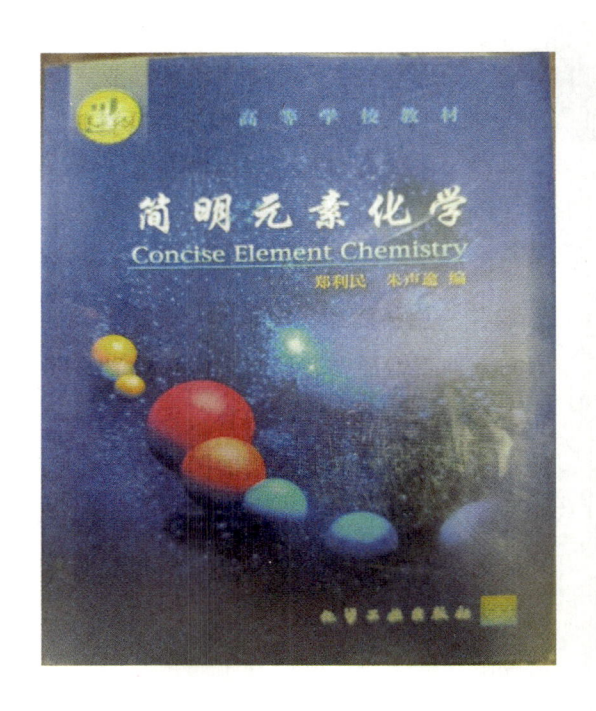

本人还主审五本教育部面向21世纪重点教材，如大连理工大学袁万钟等编的国家"九五"优秀教材《无机化学》；华东理工大学朱裕贞等编的上海市精品教材《现代基础化学》；天津大学杨宏孝等编的国家"九五"优秀教材《无机化学》；华东理工大学汪葆浚、樊行雪等编的《无机和分析化学》；华东理

工大学苏小云等编的《大学化学》，此外，合译两本国外高等无机化学论著，合审两套无机化学国家试题库（1995年）。

关心和鼓励青年教师参加学校讲课竞赛，并多次获得奖项，其中一位还获得当年校讲课竞赛唯一的特等奖，1995年，我指导的本科生论文被评为上海市首届化学类本科生优秀论文。除此以外，还发表二十多篇教学研究论文，提倡循序渐进和跳跃式思维的结合，以及形象化的辅助教学手段。1988年我获"校优秀教学奖"和2000年"桑麻奖"，还获其他奖项如1993年"上海市优秀教学成果二等奖"，2000年"国家纺织工业局面向21世纪基础化学改革二等奖"等，体会到教学要不断更新，以充实教学结构、体系和内容，为科研提供可靠的基础和保障。

立足前沿，结合应用，研以致远

1981年至1983年，我作为美国加利福尼亚大学洛杉矶分校访问学者，在生物化学系美国科学院霍桑院士科研团队和前沿实验室做科研，着重在配位和金属有机化学领域，共合成和表征43个新型化合物，在国际杂志上发表六篇论文（如Journal of the American Chemical Society、Chemical Communications、Inorganic Chemistry，等等），并均被SCI收录和引用，合作科研的经历拓宽了视野，积累了经验，为后续科研打下了基础。

回国后，相继承担教育部、中国石化、市科委、教委和经委等项目，指导硕士和博士生。科研的特色为结合和选择学科和边缘学科前沿（如缺电子元素），以及结合和选择与东华有关学科密切相关的课题（如赋予材料多功能特性），

科研方向为合成和表征新颖功能性化学品（各具阻燃、屏蔽、抑菌、导电等性能），相继完成鉴定的主要项目举例如下：合成十三个系列具优良阻燃和抑烟性的缺电子硼化物（这些硼化物都可相互转化和衍生），并应用于棉和涤棉织物；制得硼磷混配阻燃剂多个经微胶囊化应用于棉织物阻燃；合成十一个具良好广谱抑菌性的含氮配体双核稀土混配合物应用于棉织物；合成第三代具独特空穴结构的超分子大环化合物（环芳烃），将带有可聚合基团的环芳烃衍生物作功能基元，与高分子单体聚合，制得对金属离子（如银离子等）有高识别能力的新型功能高分子材料，并具优良的广谱抑菌性；无机硼化物通过复合（PET,PP）制成皮芯纤维，并赋予具有较高强度的抗辐射和耐燃等性能；以金属离子对PET纤维经化学镀（非电解镀覆），制得具有高导电性和强屏蔽性的金属化材料；可染腈纶纤维的功能研究等。以上列举的功能性化学品的合成和研究均具创新性，值得进一步拓展。以上科研中有时用到的合成所需无氧无水的真空玻璃仪器和设施，也由自己设计成小型实用仪器装置经上海有机所加工使用。我多次参加国际会议宣讲和交流，并撰写了科研论文60余篇，分别发表在国内外杂志。这些论文大多为 SCI 和 EI 收录和引用，从而体会到科研促进教学质量的提升，我在课上引入最新学术成果和技术，可以使教学内容更为前沿和实用。

珍惜时间 重在坚持 不忘感恩

一个人能力有限，努力却无限，以正能量经常激励自己，一寸光阴一寸金，寸金难买寸光阴，时间是极宝贵的财富，天下无难事，铁杵磨成针。长期从事基础课教学的我，先后在量大面广的有机、化工和无机等科室承担实验、辅导、习题和教学等教学环节，工作负荷大，数十年如一日站在三尺讲台执教，注重启发式教学和理论联系实际，发表教研论文等。我还利用暑寒假，放弃疗养和旅游，全身心投入化学教学改革的实践中。除本学科教学和科研，我还积极联系专业实际，连续两届参与印染新工艺技术骨干培训班教学工作，其间深深感受到王菊生老教授充分利用时间，能上能下勤奋实践，有理论联系实际的精神；学校负责教学的孙俊康副校长对东华基础学科的大力支持；大连理工的双眼近盲的袁万钟老教授用歪斜的字迹写信给我以教学经验解答和探讨，曾说基础课教师要尽心尽职，也要充分利用时间，在科研上用小经费也可写出高质量的大文章；我室王青娥老教授眼疾体弱还帮我制作科研和教学所用的对称性极高的舔质廿面体模型；我室的黄渭鑫老师为我的两部教学著作内的图表设计尽心尽力；华东理工的胡英院士乍为国家工科化学课程指导委员会主任，不仅在科研上有杰出成就，而且基础教学质量突出，并不断创新各化学领域教改的实践精神，以及他的教学科研双肩挑的理念均是我学习的榜样和方向。在此，感谢所有关心和帮助过我的人。

不忘初心 牢记使命 爱国荣校

忠诚国家教育事业是初心，爱国荣校是职责。长期耕耘在东华基础化学的田地上，尽心尽职，教书育人，教学相长。我在担任教育部化学课程指导委员会委员期间，贯彻国家教学方针，制订教学大纲，编审教材，合审题库，并在全国和上海作学术讲座和经验交流，扩大东华的影响力。我多次参与国际交流，在美国加利福尼亚大学洛杉矶分校生物化学系作访问学者期间，还促进霍桑院士于1982年访问中国，并在东华参观和做学术报告，深得师生的欢迎，此前他从未来过中国，却多次访问过日本，通过来华访问，霍桑院士对我校系的发展和成就倍加赞赏，加强了国际的学术交流。在我两年作访问学者合作科研即将完成时，院士曾挽留我继续在团队内科研，我婉拒并准时回国，院士在推荐信中写道："……做了博士后研究员的工作，科研成果有创新性，如在铑化学领域开启了一个新领域，组内其他人会继续做下去……作为中国的使者，你不仅代表个人，也代表你的祖国和人民来和我们合作和交往的，受到大家的欢迎和尊重……"作为东华人我感到无比的自豪。

回顾在东华从入学至今，历经 71 年之久，本人所取得的点滴成绩与国家的改革开放政策，卓越的东华精神，东华各级领导和老前辈们的帮助，学院系的关心，以及同仁们的大力支持都密不可分。期盼东华的年轻人，发扬东华的卓越精神，奋发图强，攻坚克难，为东华发展作出更大的贡献，为实现中华民族的伟大复兴而不懈努力。

陈全伦：让青年在烛光里看到希望

姓名：陈全伦
学院部门：化学与化工学院
出生年月：1938年11月
退休时间：1998年12月

我出生于一个农民家庭，从小家境并不宽裕，我见证了新中国的成立。伴随着改革开放的进程，我从1958年起在华东纺织工学院（现东华大学）学习工作，1960年，加入了中国共产党，直至1998年退休。

在校工作时，受学校委派，曾到日本国立筑波大学和多家知名公司进修，后将研究聚焦在和毛油研究和表面活性剂领域。我参与了应化系的筹建工作，退休前，我一直主持应化系的工作，兢兢业业、任劳任怨，为应化学科的发展作出了自己的贡献。

退休后，我创办了上海锦久科技发展有限公司，主营纺纱用的润滑剂——"和毛油"。在这个过程中，我既是技术员又是采购员还兼推销员。这种新产品是我在学校支持下，产学研合作研制而生的。我一边办着公司一边思考："退休了，不上课了，还可以为学校做些什么贡献呢？"我和家人对物质生活的要求很简单，辛苦办公司挣来的钱，可以用来资助学生和教师。

为了帮助青年教师和优秀学子快速成长，我出资 20 万元在化工生物学院设立了"青年教师科研启动基金"，先后让罗艳、郭玉良等 5 位青年教师从中受益。目前，罗艳老师已经成长为应用化学系一名教学骨干，担起了教书育人的大梁，培养起新一代的应化人。

2009 年，为了鼓励学生自立自强，刻苦学习专业技能，帮助同学顺利完成学业，我出资 20 万元在化工生物学院设立"锦久奖学金"，先后有 100 多位学生获得奖励。

2017 年，我又出资 20 万元在东华大学化工生物学院设立"陈全伦、张益华助学金"，用于资助品学兼优的东华大学困难学子完成学业，目前已经有 30 余名困难学子获得资助。

作为一名老党员，我也积极参与到退休党建工作中，积极参加支部组织的各项活动。当我了解到退管会康复俱乐部是由生大病的退休人员组成的民间组织后，我专门为康复俱乐部捐款 1 万元，来帮助生大病的退休职工。1998 年至今，我累计捐资 61 万元。

在退休后依旧坚持用办厂所得收入来资助学生的问题上，我表现得十分淡然。我这个厂子办得很小，一个在上海，一个在宁波，在宁波那边，我没有个人的收入，20万元全部献给我们东华大学的师生。我一直感谢着党和学校的培养，作为应用化学系的一名退休教师，退而不休，为了东华大学的发展之路而作出一定的努力，这几十年来我一直这样努力着并为此感到充实和一点点的成就感，虽然我年事已高，但这条对的路，在未来，我将继续走下去。

学校是我成长并工作一生的地方，我对东华充满了感情，也希望我所工作过的化工学院能取得快速发展。作为一个老党员，有今天的成就全都是党组织培养的结果，我希望能用自己的一点绵薄之力来回报学校和社会，设立科研启动基金和奖助学金，让青年教师和学生能迅速投入到科研和学习中去，不要因为经济方面的原因，而荒废了专业。在这十几年的光阴中，许多青年教师与学子，在我的资助下，创新发展，成长成才。

青年教师罗艳说："当初拿到我的资助金时，第一反应是'不可思议'；第二反应是一定好好干，不辜负老教师的期望。"罗艳博士毕业留校，很想独

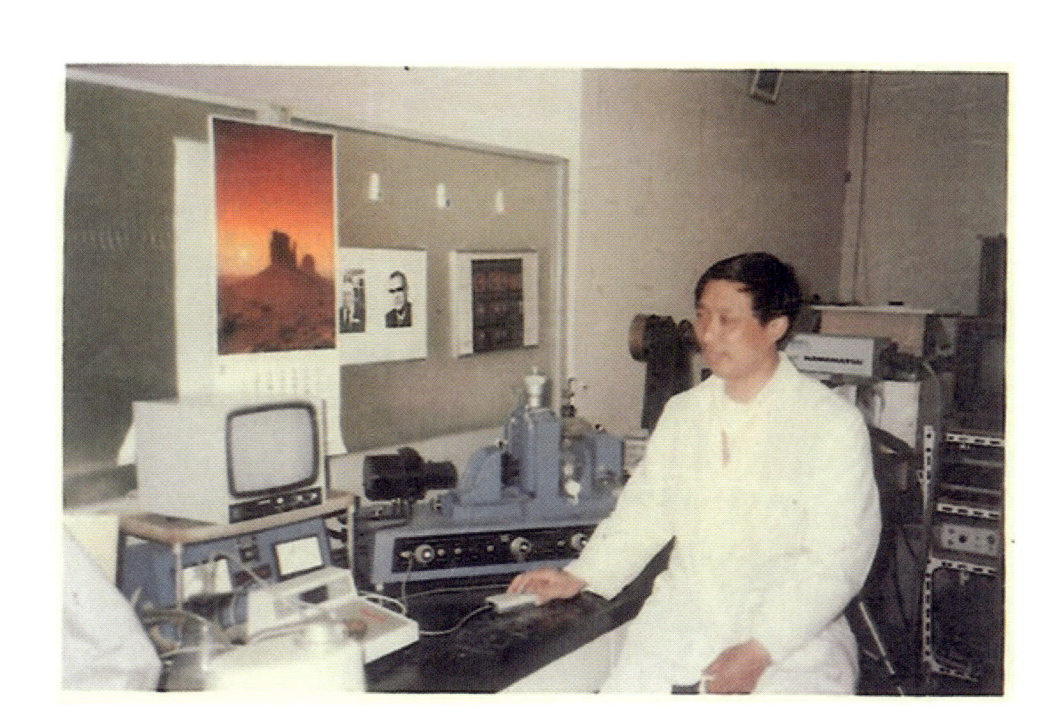

立开展"微胶囊制备技术"方面的研究，却面临资金窘境。2003年，她从我设立的科研基金中得到2万元，课题研究才得以启动。买实验设备、买药品、开展测试、获得第一手数据、发表论文……有了"第一桶金"，罗艳老师的科研工作进入良性循环，如今她已成长为学院的科研骨干，获得了2006年度桑麻纺织科技一等奖，主持上海市启明星人才培养计划项目，主持上海市联盟计划项目等；郭玉良老师的科研工作在受益之下也上了一个台阶，如今他是"纺织化学与染整工程创新团队"的子项目负责人。

获得奖学金的孔同学这么说："锦久奖学金是对我学习的肯定，我会继续坚定自己学习的动力，让自己的成绩更上层楼，不辜负陈全伦老师设立奖学金的初衷。"另一位获得奖学金的周同学则表示："他的这种精神我会一直记在心中。很多时候，我们更要学会给予，而不是索取。"一位受助学生在给我的感恩信中写道："这份助学金给予我的不仅仅是物质上的鼓励，更重要的是让我真正领悟到了'一分耕耘一分收获'——只要执着地不断追求，终究会有所回报的道理。这份助学金见证了我的努力，见证了我的付出，它让我在日后的学习和工作生活中更加有自信心。'有志者事竟成'也将继续成为我人生的座右铭，一直激励我不懈努力，成为一个对社会有用的人。"

我先后荣获2007年"上海市科教党委系统社会主义精神文明十佳好人好事"称号，2008年"市高校老有所为精英奖"称号，2017年"东华大学资助育人突出贡献奖"等荣誉称号。退休20年来，我孜孜不倦地支持东华大学教育事业的发展，助推青年教师和优秀学子成长，作出了一些贡献！

一笔助研金，表达了我一腔关注教育、关注科研的热情。一笔助学金，代表了我一颗关注学生，关注青年成长的心。一笔捐款，代表了我一腔关注群众，关注他人的爱心。我的付出不求任何回报，我希望学生们能做一个对社会有用的人，青年教师能够发展得更好，退休教师能够健康快乐就好，我的愿望就是让青年教师和学生们在烛光里看到希望！

22

袁琴华：让航天人放心飞行太空

姓名：袁琴华
学院部门：化学与化工学院
出生年月：1941年2月
退休时间：2001年3月

我1959年进入华东纺织工学院（现东华大学）纺化系求学，毕业后选择留校任教，2001年退休。1978年，我接受了国家防化部"研制防毒服"任务。经过项目组四年拼搏、攻关圆满完成了任务，制备出我国第一套"防毒服"，填补了我国国防现代化战争防护服方面的空白，并获得"国家科技进步二等奖"。1996年我又接受了航天医学研究所研制"神五"航天员"尿收集装置"的任务，经创新、拼搏，圆满完成，受到部队好评。退休后我继续为航天事业拼搏了18年，先后研制"航天员尿、便收集装置"、舱外航天服外层防护材料、对接综合试验台温场软罩等产品，可以这么说，我的科研之路与我国航天事业的发展紧密相连。我也为祖国的国防、航天工程拼搏、奋斗了四十多年。

从"神五"到"神十一" 为航天员提供生活方便（921工程）

"神五"发射前中央军委严肃提出："生活问题不解决，飞船就不能上天！"当时情况是时间紧、任务重。部队只知道在太空飞行一昼夜（21小时），所排尿量为 1.2kg，要求装置轻，因为每 1 克重量在太空都价值半两黄金；太空严重失重，要保证航天员生命绝对安全。如何解决这些问题，之前的研究没有方向，更没有方案。实际上航天员飞经大气层和太空交界处有一黑障带，温度 1600℃以上，80 千米距离，四到五分钟全部断电，飞船内一片漆黑，航天员还要受自身重量八倍以上的冲击力，非常危险，航天员会昏厥、尿失禁。杨利伟曾说过：人们认为太空很好玩，其实一点儿也不好玩。开始 3 分 20 秒，火箭摇动使人五脏六腑都炸了，可以说是身体、心灵的巨大煎熬，还得忍受孤独和恐惧。众所周知，当时我国航天员只有 14 名，比熊猫还珍贵。我们常说，培养一名飞行员是用黄金堆积出来的，那么航天员的培养需要用等量钻石堆积才行！所以保护航天员生命安全是第一位的。科研重任在肩，我们只能创新、拼搏来完成。我带领连续两届本科生、一届研究生十几人一起，攻关两年多圆满完成任务。部队领导在验收时，感慨道："你们做得太好了，既周全又细致，理论问题说明清楚，我们无异议，只感到给你们的科研经费少了。"参与项目研究生的毕业论文，也被专家一致评为优秀。

航天员在太空还必须解决排便难题（清肠后四天无大便，第五天才有）。世界各国如日本、美国都来打听中国解决的方法。NASA开始准备重返月球也需要解决（当时阿波罗号花高价解决的），据统计当时有65%的人最关心生活问题。中国首次载人航天飞行首飞航天员杨利伟知道后说："东华大学研制的装置我用过，是最好的！"一下子肯定了我们的产品，我们激动得热泪盈眶。在完成"神六"产品后，我们继续创新，更加努力拼搏。由于是贴身装备，为了让宇航员穿得更加舒服，我们从装置对人体体型的贴合度、使用材料的柔软度等方面着手，不断地对科研成果进行"升级换代"。从单一的尿收集到尿与大便双重收集，从只有男用装置到男女型号装置双配，以及为每位飞天宇航员量身定做装置，该课题组始终根据宇航员的实际需要持续完善科学研究。在解决"神九""神十"女航天员排便后易感染的问题后，"神九"航天员刘洋来沪演讲时，专门提到东华大学为她解决了方便的问题，老师们听了都兴奋不已。

舱外航天服外层防护材料为奔月制作外衣（863项目）

舱外航天服外层防护材料是舱外航天服成型的关键所在。在太空严重失重环境下，要面临的问题很多，比如高强紫外线是舱内1万倍，女航天员返回地面五年不能生育；粮、草、花等植物受强紫外照射会产生基因变异；温差250℃至-150℃；航天废物的冲撞；高频电磁场产生摩擦损伤及防氧化、老化等。因此，航空服必须具备防辐射、防紫外线、抗骤冷、抗骤热等功能，必须使用特殊的材料及防护层。

为解决相关技术难题，我选择东华大学七个学科、九个专业的科研精英组成科研团队，进行分工合作，集体攻关。按时按质完成了任务，并获得多项发明专利。在验收会上部队首长激动地讲："圆满完成任务，即对项目的最高评价，对学校的最高评价，是你们全体科研人员的荣誉！你们成功攻克了舱外服的技术瓶颈。"项目获得"全国高校十大科技进展奖"，专家们一致评述"项目打破了传统的研制和设计模式，比俄美样品有进展，解决了舱外服制作技术瓶颈，为自己制造奠定了坚实基础"。我也被中国老教授协会授予"老教授科教工作优秀奖"。舱外服经"神七"航天员翟志刚出舱试穿成功返回，航天服获国家一等奖，部队负责人受到习近平总书记接见。

完成对接综合试验台温场软罩攻关为通向太空搭桥（921工程）

"神舟八号"飞船与"天宫一号"首次实现空间交会对接。这个成功是在地球上重复了1011次的对接实验，脱离647次基础上才实现的，而地球上的实验需要在"温场隔热软罩"里模拟进行。

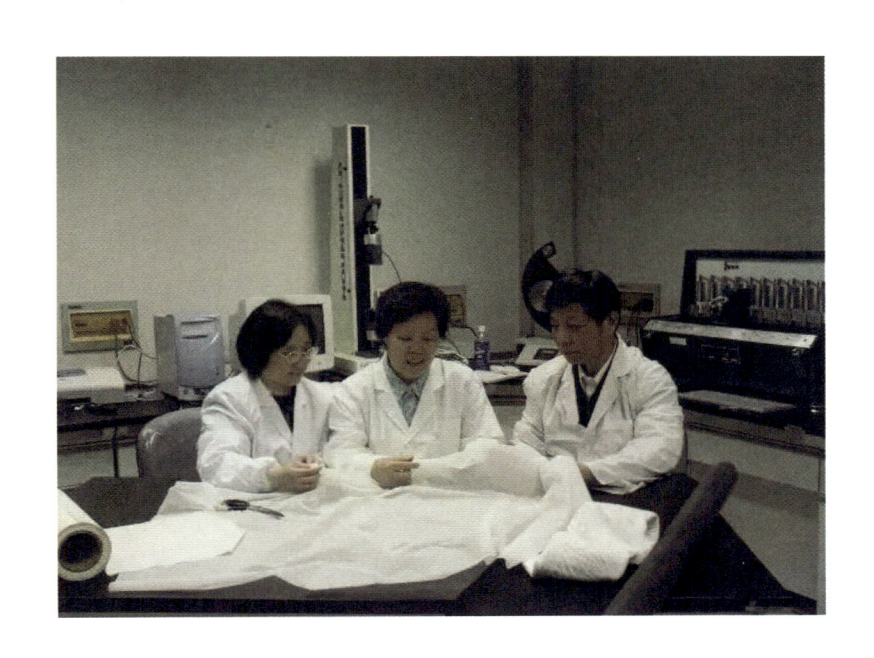

接题时我有点畏难，但课题组的教授们劲头十足，愿意接受。在科研经费不足的情况下，我们自己研制仪器设备。师生通宵加班加点，创新拼搏，终于攻克了低温断裂、特异材料的选择和突破特种新型的工艺加工等多项难题，提前完成任务的要求。

当"天宫一号"与"神八"无人对接和与"神九"有人对接成功时，上海航天局的科研人员为18年的科研攻关成功，个个流下了热泪。《文汇报》报道了"任务完成背后的艰辛"，也包含着我们的奉献（我们提供了对接地面试验场所）。前来参观的各国科学家说"中国的实验室与众不同"，因为这是我们的创新。当"天宫一号"完成使命，销毁在大气层中，我心中有说不清的滋味，因为有我们为它实现成功对接所作出的努力！航天集团805所和航天员科研训练中心发来了荣誉证书和成功纪念证书，也给予我们很高的荣誉！

为了让航天卫生材料也能"飞入寻常百姓家"，让普通老百姓也能享受到"高尖端"的服务，我们团队也加大了航天转民用产品的研发力度，致力于开发老年人、病人及特种工种服务人群所需的系列产品。东华大学与厂方也建立了产、学、研生产基地和研发实验室，为学生提供了实习场所，为厂方提供人才的选拔。我更应"不忘初心，牢记使命"，无怨无悔，继续为航天事业作出力所能及的贡献！

陈彦模：为祖国纤维材料科技发展接续奋斗

姓名：陈彦模
学院部门：材料科学与工程学院
出生年月：1942年5月
退休时间：2012年5月

  我1965年毕业于华东纺织工学院化纤专业并留校任教，1981年4月—1983年4月在美国麻省理工做访问学者，1983年任化纤工厂主任，1987—1993年任校长助理兼化纤系主任，1993年3月—10月在美国克莱姆逊大学做高级访问学者，1993年晋升教授，任博士生导师，1994—2001年任材料学院院长，1996—2004年任纤维材料改性国家重点实验室主任。工作期间，我曾任纤维材料改性国家重点实验室学术委员、合成纤维国家工程中心技术委员、国家自然科学基金委员会工程与材料科学部评议专家、《合成纤维》杂志编委。

  作为材料学科学术带头人之一，我长期从事化纤成形理论、纤维材料改性和高聚物新材料开发等研究，对新型纳米复合材料与特种功能材料及其成纤技术（生物医用纤维、相变材料）等前沿方向也进行了深入研究，注重通过工程项目的实施实现科研成果转化。承担完成及参与国家科委、国家经贸委、国家自然科学基金、教育部、教育部博士点基金、上海市科委、上海市经委和中石

化等国家、部市级、国际国内合作项目30余项。参与国家"六五"攻关项目"涤纶高速纺工艺及设备",任中试工艺负责人和现场总指挥,项目产业化成效显著。1992年"细旦、超细旦丙纶长丝及制品"项目入选国家产学研联合开发工程高技术产业计划首批5个项目之一,研发的"蒙泰丝"产品获国家级新产品、上海科技博览会金奖等。工作期间发表论文100余篇,授权发明专利16项,获国家科技进步二等奖2项,省市、部委科技进步一等奖2项、二等奖3项、发明一等奖1项,上海市优秀产学研项目一等奖,"八五国家技术创新优秀项目奖"等。

我主讲的课程有"高分子材料改性""高分子物理""高分子材料成形工艺概论""高分子材料专业英语""功能高分子材料"等,共培养硕士生30余名、博士生20余名。1995年被评为"上海市科技精英""上海市劳动模范""上海市优秀青年教师指导教师",1995年享受国务院政府特殊津贴。2012年70岁退休,退休后,参加关工委工作,在学科建设上,经常给学院提建议。2015年7月1日荣获2014—2015年东华大学退休党总支"先进个人"荣誉称号。

以下是我参与的几个方面的难忘的奋斗经历：

涤纶高速纺丝国家项目开展

1978年，学校承担的高速纺丝课题需要熟悉熔纺工艺的教师一起进行现场熔纺试验，我也被选派参与，主要是摸索聚酯高速纺的工艺参数，以及我校自行研发的高速纺丝设备的性能稳定性。1983年高速纺课题已进入中试阶段，在校化纤工厂建立了我校自行研发的高速纺中试设备，从纺丝到变形。当时我已是化纤工厂的主任，在高速纺课题中是工艺组教师，更是课题现场试验总指挥。机电工艺三系一所一厂（化纤系、机械系、自动化系、化纤所、校办总厂）的教职员工共同努力拼搏。当时课题验收时，纺织部派了专家组住在学校，24小时取样抽查，我们也都留在学校，我当时晚上就在办公室桌上睡一会儿，最终课题通过验收。这为以后全国进一步产业化推广打下了基础。后来，在国内以交钥匙工程的形式帮助建了十多个化纤厂，也为学生开了高速纺丝等新课程，"涤纶高速纺工艺及设备"获"国家科技进步二等奖"。

国内经高速纺、多孔纺产业化推广后，到20世纪80年代中期，老百姓有衣穿的问题基本上满足了，放在我们科研人员面前的要求变成了衣服要穿得舒服漂亮，所以合成纤维的可染性、织物的柔软化、透气导湿性被提到议事日程上，合成纤维的细旦化成为当时主攻课题，积极研发聚酯纤维和聚丙烯纤维的细旦化，特别是原来主要用作工业用的聚丙烯纤维经过开发，得到了0.8旦细旦丙纶，

它的成功生产，使织物透气导湿性、柔软性明显改善，特别适用于贴身的内衣及运动衣的内层。1992年"细旦、超细旦丙纶长丝及制品"项目入选国家产学研联合开发工程高技术产业计划首批5个项目之一。"细旦、可染、功能聚丙烯纤维材料结构设计及制备关键技术"获"教育部技术发明一等奖"。

纤维材料改性国家重点实验室的创立

1992年，学校响应国家号召，提出申请筹建纤维材料改性国家重点实验室。当时因财政困难，纺织部教育司的同志感到承担不了实验室的建设经费，因为初建的经费最终需纺织部归还，所以纺织部教育司提出退出申请。然而，学校派我和黄象安老师到教育部去汇报学校的建议，周永元校长亲自签字，表示初建的费用由学校承担归还，最后上级部门批准同意在我校筹建纤维材料改性国家重点实验室。筹建工作主要由材料学院承担，其他学院的教师与实验室研究方向相关的也参与其中。经过三年左右的建设，实验室不但把平台建了起来，同时完成了实验室研究方向上的很多课题，有国家的，也有产学研合作企业的。1995年教育部领导带队来校验收，看到平台建设得很完整，而筹建实验室只用了10万元的运转经费，却承担了2000多万元的研究课题，验收工作顺利通过，纤维材料改性国家重点实验室经国家计委批准正式成立。实验室成立后，当时国家计委主任陈锦华亲临实验室现场视察，表扬大家的努力工作，并说建设初

期的仪器、设备费用由国家归还。在老师们、同学们的努力工作下，每次纤维材料改性国家重点实验室评估都是良好，最近一次还获得了优秀，我们老同志都很感欣慰。

纤维材料改性国家重点实验室的建立，为学校承担国家项目，走产学研合作道路，创造了有利条件，也为培养学生多了一个有效的平台。

着力于产学研结合培养人才，不计报酬地和青年教师同甘共苦

我在科研工作中着力于产学研相结合的道路，并在产业化的过程中使教师队伍得到了锻炼，青年教师解决新问题的能力、实际动手能力有明显提高。在相关课程上课时生动地讲述纺丝成形过程，而青年老师不怕艰苦，在现场试验时进行得更好。如当时的青年教师吴文华钻到切片真空干燥转鼓内，把鼓内清洁工作做好，保证没有其他切片混到试样中。为了能24小时到现场做试验，大家不住离厂车程20分钟的旅馆，而是住在车间边上的仓库里，当时的青年教师朱美芳就住在走廊尽头用木板隔开的地方，从而保证产业化试验工作的顺利完成。

在当院长和学科带头人期间，我看到材料学院教师辛勤工作，往往不计报酬日夜在实验室工作，使学院教学科研双丰收。在1995年"精兵简政"期间，学院在编的教职员工只能发工资总额的三分之一左右，校内大部分院系部门采取部分人员进学校人才交流中心或留职停薪去校外工作，但是材料学院经过党内外充分讨论，决定在学院内对教师采取"自己补发不足的工资总额"的方法，并经学校批准后正式实行。由此，教师们通过产学研结合，更多地承担国家和企业急需的科研项目，以项目中的用人资金来补发工资，教师们几乎每天晚上以及节假日都在实验室工作，废寝忘食。这样既更多地完成了教学科研任务，又保留住了高质量专业化的教师队伍，形势逼人所形成的积极主动开展教育科研工作的作风一直发扬到现在。曾经有一位校领导说，晚间在校园里巡查时，材料学院的大楼看上去是通透的，整幢大楼的办公室和实验室都亮着灯。

材料学院通过教师和学生们的努力，本科生与研究生的比例已经从2∶1发展到现在的1∶3，科研经费更是超过亿元，材料学科成为了"双一流"建设学科，材料学院发展的天地更加开阔了。

24

刘兆峰：为了国家急需的高性能纤维产业化发展

姓名：刘兆峰
学院部门：材料科学与工程学院
出生年月：1942 年 9 月
退休时间：2007 年 2 月

  时光飞逝，从我 17 岁考入华东纺织工学院化纤专业算起，在东华大学这个著名的高等学府中，已经度过了 65 个春秋。最初的五年，是依靠国家的人民助学金才完成了本科的学业，幸运的是，1964 年毕业时，我恰逢学校第一个专职研究机构——纤维科学研究室成立，我留校成了一名以研究工作为主的教师，开始了我为之奋斗一生的化学纤维研究生涯。60 年的时光大致可以分为前后两个时期，前一时期是我不断学习取得进步的时期，首先是我非常荣幸地得到了老一辈一流的化纤专家钱宝钧教授、孙桐教授、吴宗铨教授、李繁亭教授、张安秋教授等的言传身教，他们大致采用三种途径来帮助我成长。第一种途径是带领我参加多项科研项目。我刚毕业就参与了粘胶强力帘子线及永久卷曲粘胶短纤维的工艺研究，我在科研工作中任劳任怨，积极肯干，我心中牢记我是国家人民助学金资助才能大学毕业，因此，那时的我几乎没有休息日，每天早上 6 点前进实验室到天黑才离开，一心只想把工作做好。此处有一小插曲：去

年到医院看望95岁高龄的孙桐教授，虽然我戴着口罩，但我一踏进病房，孙老师就认出了我，还说："当年钱先生的粘胶帘子线项目，你每天6点不到就到实验室，你功不可没"，我听后十分感动，近60年过去了，我的老师还记得当年一个年轻教师的工作。"文化大革命"以后我又参与了腈纶高速纺丝、腈纶微孔纤维、腈纶高收缩纤维、腈纶干-湿法纺丝、三维永久卷曲涤纶短纤维、三异涤纶长丝、涤纶长丝热管一步法纺丝等20多项国家急需的省部级重点科研项目的研制。先后参与的这些项目经过大家的努力，都通过了专家的鉴定，我也从科研实践中不断学习，得到进步。第二种途径是将科研项目的实践和教学活动结合起来，让我参与毕业班学生的毕业论文指导工作，特别是改革开放初期，学校开始招收研究生之后，让我协助老教授们指导研究生的毕业论文工作，研究生潘鼎、肖长发、秦建、孙玉山、林卫平、史联军、于云明、胡祖明等，我都协助指导过。在协助指导研究生的过程中，我有机会和他们一起聆听导师的指导，一起查找文献，确定试验方案等，其间不仅增进了知识，而且增长了才干，我和他们也成了好朋友，这些研究生毕业后，都成了著名的学者、教授、国家的栋梁。这些经历也为我后来成为研究生导师奠定了良好的基础。我参与指导过的硕士和博士研究生大概有二十多名，1998年我被评为"校优秀研究生指导教师"。第三种途径是让我深入到企业中去，企业是科研的主力军，那里的技术人员和工人师傅也是我最好的老师。由于我参加的科研项目和国家化学纤维的发展息息相关，好多中试项目是在企业中进行的，我走遍了全国大大小小几十家企业，参与过大庆腈纶厂的设计工作，也主持过三维卷曲涤纶短纤维千吨级规模的建厂设计工作，这些实践为我们技术团队后来实现高性能纤维的产业化打下了良好基础。

经过近30年的磨炼和打拼，我逐渐成长为化学纤维领域内的高级研究工作者，1987年晋升副高级职称，1993年晋升为教授，2009年晋升二级教授。党和国家不仅培养我，教育我，还不断鼓励我，我的点滴进步和微小的成绩，都得到了肯定和奖励，1998年开始享受国务院政府特殊津贴；1999年授予我上海市教育系统优秀共产党员的光荣称号；2001年还被评为2000年度"上海市劳动模范"。这些荣誉也促使我不辜负党的培养，更努力地为党工作，为我国的化纤事业添砖加瓦。

60年的后一时期，是我作为课题组的负责人，学科的带头人之一，带领科研教学团队成员一起攻克一个个科研难题。20世纪末，我国已是化纤大国，但还不是化纤强国，很多高性能纤维的生产技术都掌握在外国公司手中，他们随时可以打压我们，我们必须要有自己的技术，赶超世界先进水平，我们成立了高性能纤维课题组，我先后主持和参与了高强聚乙烯纤维、对位芳纶、间位芳纶、芳砜纶、PBO纤维等的研制和产业化。

2011年，东华大学建校60周年，也是我跨入古稀那年，在胡祖明教授的建议下，我们科研教学团队在国内外学术期刊上公开发表的近270篇论文经过整理，挑选了一部分汇编成册，以《化学纤维成形机理的探索》为书名，由东华大学出版社出版发行，作为对校庆60周年的献礼，也作为生日礼物送给我作纪念。书中还列出了申请获批的56篇专利的目录。当时粗略统计，利用专利转让，为学校赢得了500万元的收入，其中的两个专利还获得了上海市发明创造专利奖。

关于专利的重要性，有一件事我印象特别深刻。某著名跨国大公司曾以传真方式向使用我们专利技术的国内某公司提出侵权索赔，该国内公司立即将该传真件转发给我们，要求我们处理。由于我们曾仔细研读过该跨国公司的相关专利，通过试验，有了新的想法，申请了自己的专利，并获得了专利授权，所以，当天我们就给该跨国公司作了回复，附上了他们及我们的专利号，列举了两个专利技术的根本区别，驳回了他们的不合理要求，结果马上风平浪静，取得了专利争端的胜利，尝到了专利保护的甜头。

在东华大学65个春秋中的后30多年，我和胡祖明教授等同事决心为国家所急需的高性能纤维产业化事业贡献我们的力量。首先是超高分子量聚乙烯纤维，这是张安秋、吴宗铨教授首先开创研发的新型高性能纤维，是目前世界上比强度和比模量最高的纤维。开题初期，20世纪70年代中期，全世界还没有实现产业化。张老师、吴老师考虑到超高分子量聚乙烯纤维具有比重比水轻、强度高、优良的耐冲击性能、耐化学腐蚀性能及优良的耐低温性能，可用于海底石油及天然气资源的开采以及海底许多稀缺有色金属矿产的开采，在航空航天、国防军事等领域都有应用，在绳索、渔具和船帆等海洋渔业及体育用具等方面也应用广泛。他们的远见卓识指引了我们前进的方向，最终我们开发成功了用特殊的冻胶纺丝技术制成性能合格的超高分子量聚乙烯纤维。小试工作完成以后，面临科研经费的缺乏，我们课题组的教师纷纷走出校门，和企业合作开展中试一直到产业化，差不多花费了近10年时间，终于都取得了成功。用我们国产的超高分子量聚乙烯纤维做成的绳索，在航天员出舱活动时系在腰间起到了保护生命的作用，能够安全返回飞船。国产超高分子量聚乙烯纤维帮助

渔民发展了网箱养殖海鱼的产业，最典型的是三文鱼由进口变成了国产，产量高且价格低，丰富了人们的餐桌。经过20多年的努力，用国产设备、国产原料和中国自己的核心技术生产的超高分子量聚乙烯纤维的产量已经跃居全球之首，应用在防弹、防刺、海洋开发等许多领域。除此之外，还有不少东华大学的校友也作出了贡献，如中国纺织研究院的丁亦平、孙玉山开发成功了以十氢化萘为溶剂的超高分子量聚乙烯纤维产业化路线。东华大学对国产超高分子量聚乙烯纤维的贡献获得了大家的公认，项目获得了"国家科技进步二等奖"。

其次，是对位芳纶的产业化。它是美国杜邦公司最早实现产业化的高性能纤维，标志着化学纤维发展进入第二个里程碑。40多年来，杜邦公司和日本帝人公司称霸世界，改革开放初期，国家把它列为重点攻关项目，虽然取得不少成绩，但始终未能实现产业化。外国公司卖给中国的对位芳纶价格高达28万元/吨，而且还要提前预交钱款和告知用途才能购买，我们技术团队响应国家的号召，下决心要攻克难关，在常熟市几十位民营企业家的支持下，集资了四亿多元，经过近五年艰苦奋战，从实践中逐步掌握了核心技术，完成了千吨级规模的对位芳纶产业化。先后生产了1500多吨合格的产品投放市场。用我们国产对位芳纶生产的排爆服和搜爆服，经过反复试验和测试，达到了预定的指标，通过了军方的技术鉴定，结束了我国不能生产对位芳纶的历史。我们的对位芳纶还在神舟8号和天宫1号对接试验中成功使用，受到了有关领导机关的表彰。当我们取得初步胜利之时，国外公司开始进行降价打压，对位芳纶价格降到 15 万元 / 吨。在企业遭受困难之时，央企及时出手相救，把工厂搬迁到扬州地区，我们几位年龄太大的退休教师先后退居二线，由年轻的同志继续奋斗，现在已经建成了年产五千吨规模的对位芳纶生产线。

从 1998 年开始，本人获得"国家科技进步二等奖"三项，"上海市科技进步一等奖"四项，其他省部级科学技术进步一等奖、二等奖、三等奖多项。2007 年退休后一直在有关企业中从事高性能纤维产业化的技术研发工作，2010 年还被常熟市人民政府授予常熟市优秀人才创新奖。

我已经进入耄耋之年，作为一名共产党员，一名党一手培养起来的高级知识分子，我不忘初心，牢记使命，为了中华民族的伟大复兴，为了人类命运共同体的建设而永远添砖加瓦，直到生命的终结。

韩文爵：新材料服务国家航空航天

姓名：韩文爵
学院部门：材料科学与工程学院
出生年月：1949 年 9 月
退休时间：2009 年 9 月

大学时期是探索个人兴趣与爱好的黄金时代，我们不仅能够广泛学习知识，还能深入理解自我。通过 4 年的探索，我们能够明确自己的职业方向和能力，这将为我们未来的职业生涯指明方向，减少不必要的弯路。我本人的专业是材料科学与工程，专注于无机非金属、玻璃、胶粘制品以及玻璃纤维等领域。

1981 年，我加入了轻工业部玻璃搪瓷研究所，致力于玻璃陶瓷的研究与开发。1998 年，随着研究所并入东华大学，我也正式成为了东华的一员。在材料科学与工程学院，我负责教授研究生"材料成型与加工"以及本科生"玻璃工艺学""无机粉体工程学"和"特种玻璃材料学"等课程。看到一届又一届的学生努力学习并在工作岗位上取得优异成绩，我感到无比欣慰。

在所有工程活动中，材料的使用至关重要，其性能直接影响第二产业的竞争力。材料科学与工程是连接基础学科如数学、物理、化学，以及应用学科如生命科学、地球科学、冶金学，直至工程学科如机械、航空、化工的桥梁。只

有强大的材料学科才能将基础研究与工程实践紧密结合，确保宏观工程的结构均匀性、性能一致性和长期服役的稳定性，从而赋予产品品牌效应，实现百年大计。

  在校工作期间，我还承担了特种无机材料和国家重大工程配套材料的研发任务。东华大学作为教育部直属的重点高校，拥有一流的人才、学科和研究测试设备，为学科交叉融合和新材料研究提供了坚实的基础。

  东华大学承担了国家重大工程的器件配套材料研发任务，这些任务具有时间性、可靠性、特殊性和保密性等要求。随着国家对科学事业的重视，我国科技迅猛发展，科技工作者勇于挑战前沿科学问题，提出原创理论，实现原创发现。航天航空工程等国家重器的关键核心技术取得重大突破，对新材料的研发和创新应用需求日益迫切。每一次速度的提升、每一个临界点温度的提高、新技术的应用、寿命的延长都伴随着新型材料的诞生和新工艺的应用。因此，攻读材

料科学与工程专业，研究新材料、新工艺具有广阔的前景，东华大学的材料学科已进入国家"双一流"建设行列，我们肩负着发展材料学科的重大责任。

学习、探索、研究材料学可能是枯燥乏味的，研发新材料更是寂寞和耗时的过程。研究人员需要探索制造分子的配方和不同反应条件，对化合物进行测试，并评估扩大生产和材料组装成设备的方案。但只要有坚持不懈的精神、坐得住冷板凳的毅力，不受外界干扰，不为豪言壮语所动，刻苦钻研，静心坚持，就一定能取得成功。

航天飞行器高可靠器件钝化玻璃的研发要求极高，需要具备超常规、高可靠、抗疲劳、抗辐照等特性，以确保器件在深空飞行中的安全有效性。器件在无重力、无大气层的深空中高速运转，迎光面和背光面不断转换，表面温度梯度变化极大。玻璃钝化器件在研发设计中需经受高低温交叉冲击试验的严格考验，这是对研发人员意志和决心的考验。

高精度激光陀螺超精密光学元器件的技术一直被垄断，成为了航空航天、国防军工领域重点要解决的技术突破。我们团队参与设计激光陀螺仪石英玻璃屏蔽外罩，为突破这项关键技术作出了一些贡献。

按照军标要求，将完整的器件置于150℃烘箱内停留2分钟，取出至室温后，10秒内再放入零下50℃的冷阱内停留2分钟，如此反复7次。从一批样品中任意抽取10个为一组进行检测，若全部通过，则该批玻璃钝化器件合格。若3个以上出现炸裂、漏气等问题，则整个项目需推倒重来，重新调整材料配方、钝化成型工艺等参数，并检查所有设备的完好性，然后继续研发。若不合格品小于等于2个，则继续抽检10个为一组进行高低温冲击试验。在兴奋与沮丧交织的情绪下，研究团队选择从材料的基础特性入手，通过一系列实验和对比研究，认真记录和复核，直到找到问题根源。这样的试验可能需要数周时间，中间不能停顿，反反复复可能持续数年。从器件的宏观成型封装工艺的选定，到钝化玻璃在硅芯片P-N结台面的微观检测控制五价离子的扩散深度和浓度，以及钠离子PPM量级的控制对电流反向特性的提高，都需要有深刻的理解和应对方法。

研发的新材料能否得到应用是衡量其价值的关键。在科学技术爆发性增长的今天，黑科技层出不穷，我们广大师生需要努力学习、刻苦研究，树立把握大势、抢占先机、直面问题、迎难而上的决心。2007年荣获"国家最高科技奖"的闵恩泽院士的话，我一直铭记在心，与大家共勉："在别人屁股后面跑，永远超不过人家。"

26

王依民：为祖国的化纤科研鞠躬尽瘁

姓名：王依民
学院部门：材料科学与工程学院
出生年月：1950 年 3 月
退休时间：2015 年 3 月

我出生于 1950 年 3 月，1963 年小学毕业时受当时报纸上对机床工人创新宣传的影响，瞒着父母和学校老师，报考了上海第一印染厂工业中学，开始了三天上班三天读书的半工半读。1966 年毕业后进入上海第一合成纤维厂工作，从此与化学纤维结下不解之缘，转眼已整整 58 年，特别有幸参与了国家化纤工业的起步和发展历程，从满师第二年的 1970 年初，20 岁的我作为"专家"参与了由中国人民解放军总后勤部在岳阳筹建的特种尼龙纤维生产线的调试开车；1972 年作为工人学员就读上海纺织工业高等专科学校；1975 年就读华东纺织工学院工人研究生，师从李繁亭和吴宗铨教授，1988 年师从钱宝钧、吴宗铨教授并于 1991 年获工学博士学位，其间还遇到很多非常优秀的老师如陈稀、关桂荷、张安秋老师，等等，他们都给了我化纤人生最好的启蒙和指导。

积极参与学校学科建设和学生培养。2003—2015 年，我受学校推荐任国务院学位办材料学科评议组成员，为学校材料和环境学科等一级学科博士点获批

做了努力。2008—2012年在学校首创"博导班主任计划",成效显著,我获得了"上海市优秀党员"称号。在1992年越级破格晋升正高级职称的当年,我放弃了杜邦公司高薪聘请,坚持留在学校继续自己心爱的教学和科研。

科研和成果转化方面。1995年春,在国家急需关键碳纤维研制项目危急关头,我服从校领导的委派,放下自己手头所有的项目,和退休召回的沈焕明校长及赵炯心等老师一起进入碳纤维课题组,感动于沈校长的身体力行和课题组一起全力攻关,我们在规定的时限内,研究取得了突破性进展,按时完成了这一重大任务,获得国家有关部门的嘉奖,我为自己能参与其中而感到自豪。1985年公派美国回国后,参与接手的是吴宗铨和张安秋老师开创的超高分子量聚乙烯纤维研发项目,1997年课题组最早在浙江大成签约工业化试产,1999年完成验收,继而在国内得到推广,尤其是2005年和江苏神鹤合作开发出国际领先的耐热抗蠕变聚乙烯纤维,2017年通过鉴定。1994年我从德国回来后,在国内最早

开展纤维增强混凝土项目，曾获国家自然科学基金委、上海市教委资助，在国内数百个工程中包括国家大剧院、宁波白溪水库、济南泉城广场及军用设施等工程上得到应用。1996 年在国外高价七孔纤维染指国内床品市场时，课题组当年完成九孔纤维的研发和推广，至今仍占据很大的市场。我退休前和课题组一起开展的高性能聚芳酯纤维项目，获国家重点研发计划项目资助，也获批国家标准的立项建设，有望大批量产业化生产，将为我国航天航空、国防军工、海洋工程作出贡献……这些高性能纤维和产业用纤维的研究与开发，大部分已实现产业化，获得国家级科技进步奖 2 项、省部级科技进步奖 9 项，申请或授权专利百余件，发表论文 200 余篇，参加国际、国家和行业标准制定十余项。

参与国际交流方面。1983 年，我受学校公派到美国田纳西大学和阿克伦大学学习，钱先生让我师从国际著名高分子加工专家 J. L. White 教授，1985 年访学回国。受社会环境影响，1991 年 3 月听从蒋永椿校长的建议，毅然放弃受邀赴美攻博的机会。

回忆这些过往，仅为了难以忘却的回忆和伏枥老骥的暮年之心，我参与了多项产业用和高性能纤维的研发和产业化，为国防建设和相关产业的发展和进步做了一点有益的工作。感谢曾经和现今合作的、甚至几十年仍在合作的众多国内外高校、研究院所和工厂企业，感谢课题组共事的老师们和百余名课题组的学生们，尤其是共事39年的倪建华老师、何勇教授和曾经是学生现在也是教师的王燕萍、夏于旻教授和黄烁涵老师。

尤其怀念我的导师钱宝钧和李繁亭教授，他们的为人、为师、创新、敬业，永远是我学习的榜样！

林绍基：我只是中国工业化的建设"小兵"

姓名：林绍基
学院部门：环境科学与工程学院
出生年月：1932 年 1 月
退休时间：1992 年 8 月

我是林绍基，1948 年秋考入交通大学纺织系，在交大学习期间，我经历过两件比较大的事，一个是 1949 年"四·二六"大逮捕，国民党特务搜捕交大的革命力量，几次在深夜闯入学校宿舍，逮捕学生中有共产党员和进步学生，其中革命志士穆汉祥和学生会主席史霄雯被捕后牺牲；另一个是 1951 年 1 月，国家需要有科技知识的大学生去参加军事干校，我们欢送班上的几个人到国家军队里去建设培养军事干部的学校。这两件事对我的影响和触动挺大的。1951 年秋，华东地区大学院系调整，交通大学纺织系作为主要力量参与成立华东纺织工学院，1952 年毕业后我和其他两个同学一起到青岛工学院纺织系任职，直到 1956 年，全国院系调整，青岛工学院纺织系并入华东纺织工学院，才再次回到上海，也就是现在的东华大学。

探索教学新专业

我虽然是纺织系毕业，但毕业以后实际搞纺织工作的时间没到半年。那时我国技术水平比较低，纺织工厂条件、工厂设备很差，急需进行改造以提升工人的劳动条件和工业生产质量，而要改善基础的厂房工业生产条件，首先就是空气条件，包括空气温度、湿度等。那时候厂里没有设备，也没有资料，学校也没有这个专业，所以学校叫我负责改善工厂生产和劳动条件的相关课程，但以前没有这个课也没有这个教材，也没有专门的教师、团队，因此需要自己去搜集教材，看国外的资料，把它翻译成中文，自己去国内的工厂调研，比较分析，先编成讲义，靠暑假再整编成教材。改善空气条件课程开好后，有相关热能的其他课程，也是后来我主要研究的方向。工厂里有些技术问题，就一边去参加解决，给工厂的技术人员们讲讲知识；一边自己收集一些资料，对比国外并根据国内情况发表一些文章。

受命参加建设核工业

我们那个时代应该说是中国第一次工业革命的时代,相当困难。当时的中国和国外的工业化水平差别巨大,没有自主核心技术,首先需要学习国外技术,一直到1965年才有了一定的工业基础。1970年2月8日,上海市传达了周恩来总理关于建设核电的指示精神:"从长远看,要解决上海和华东地区的用电问题,要靠核电"。中国首个自主核电站——秦山核电站即以"七二八工程"命名。1973年,组织把我派出去参与"七二八工程"。核电站是进行核能、热能、机械能和电能逐步的能量转换,我负责热能系统的设计,确保系统的冷却速度,保证系统不会有爆炸和泄露放射性物质的风险。我在这个项目中工作了7年,1980年回到华东纺织工学院。这个项目最后建成了秦山核电站,也是我国第一个自行设计建造的核电站。

持续热工领域科研

1980年回到学校后，我主要从事热工方面的教学工作，担任热工教研室主任，继续从事教育与科研工作，也经历了这个专业从机械系到环境科学与工程系的转变。在我做科研的过程中没有跟随其他老师，主要都是自己搞，通过在学校工作当中发现的一些问题，自己去学习、研究、分析，然后写文章发表，直到1992年退休。退休后我也偶尔会给一些公司里的工程技术人员讲课，搞一些技术设计，参加纺织学会等一些专家学会的活动。

我们这一代是国家第一次工业革命的主力军，主要精力是搞中国的工业化，后来第二代工业革命是信息化，到现在是第三代了，已经是人工智能平台了，现在的中国也已经成为世界制造工业的领先者，正向工业强国迈进了。作为一名历史过渡时期中的小兵，现在的我虽已无法随工业革命快速转变了，但也要站好自己的每一班岗，为国家工业发展、人才培养尽自己的一份力量。

俞保安：为人生梦想努力拼搏

姓名： 俞保安
学院部门： 环境科学与工程学院
出生年月： 1937 年 2 月
退休时间： 1999 年 4 月

我曾先后在交通大学动力系、清华大学核反应堆工程专业就读，后在西安交通大学从事核技术和工程教学科研工作长达 30 年，1991 年调入东华大学（原中国纺织大学）暖通教研室工作直至退休。

少年时代：立志为梦想努力拼搏

1937 年，我出生在浦东农村，从小度过了 8 年亡国奴那种任人宰割、牛马生活的苦难日子，大米用来"交皇粮"，我们老百姓只能吃杂粮加野菜充饥，这是对中国人的莫大羞辱。中华人民共和国成立后，国家建设急需人才，干部下乡动员，1949 年我被免试推荐进了中学，这使我能有机会继续上学改变人生轨迹，并且开始听到革命先烈的英雄事迹，看到苏联的电影，阅读到进步文学作品。其中奥斯特洛夫斯基著的《钢铁是怎样炼成的》书中有一段名言：人最宝贵的是生命，生命属于人只有一次。人的一生应当这样度过：当他回首往事

的时候，不会因为碌碌无为，虚度年华而悔恨，也不会因为为人卑劣，生活庸俗而愧疚。这样，在临终的时候，他就能够说："我已把自己的整个生命和全部的精力献给世界上最壮丽的事业——为人类解放而奋斗。"我深受感动和启发，这启蒙了我的人生价值观，感到一个人活在世上，应该成为一个高尚的人、有作为的人、对社会有贡献的人，思考未来、规划人生、永作动力、立志为实现人生梦想去努力拼搏。

学生年代：求知的渴望

我的学习之旅始于对知识的无尽渴望。小学时期，我便展现出对学习的热爱和强烈的求知欲，这份热情让我在 1949 年获得了免试直升中学的荣誉。中学时代，我不仅学习知识，更注重学习方法和思考技能的培养。这份努力让我在 1955 年考入了交通大学的动力机械工程系。大学时期，我更是以一种积极探索未知领域的心态，投身于核反应堆工程专业的学习，这是我对原子能研究的起点。

1955年考入交通大学动力机械工程系，进校之时，在兴奋、好奇、生疏之余，更感到一种无形的压力，我自知人不聪明，基础又不如来自大城市的学生，但当班团支部书记又不能比他们差，只能加倍努力来弥补，学生干部学习成绩优良，才能有威望、号召力。因为自己在中学读书时，从班长到被选为学生会主席，最基本的一条就是学习好，当然还有工作态度认真、与人相处友好的群众关系。

1958年我被选派去清华大学核反应堆工程专业攻读原子能专业。因为20世纪50年代，中国曾经受到拟用原子弹袭击的威胁和恐吓。1950年11月30日，美国总统杜鲁门回答记者提问时说："我们将采取必要措施，以应付军事局势。"记者追问："总统先生，这是不是说正在积极考虑使用原子弹？"杜鲁门公然答道："是的，我们一直在积极考虑使用它。"1955年，美国国会正式通过授权，总统可以对中国使用核武器。

工作期间：专业与责任的交织

我从事教育工作30+9年。培养核科学与工程人才30年，参加秦山核电站总体工作、大亚湾核电站人员培训以及863工程和国家某些重大科研项目。

在此期间，有我们的许多学生跟随老一辈科学家隐姓埋名来到西北核基地，在以下所述极端艰苦和极其简陋的生活条件下，勒紧腰带，横下一条心，开展数年的"两弹一星"研制工作。地理条件艰苦：青海省金银滩，因开满黄色的金露梅和白色的银露梅而得名，西部歌王王洛宾所作"在那遥远的地方"就在此处，四面被祁连山脉包围，外人难以进入此地。平均海拔3200米，空气含氧量只有内地的65%。初到之期，人员普遍出现头晕、胸闷、乏力、气短，甚至流鼻血等不同程度高原反应状态。年平均气温为-0.4℃，山头终年白雪皑皑，不长一草一木，气候多变无人居住的沙漠地带。当地有句话："这里一年只刮一次风，一刮就刮一年"。居住条件很简陋：帐篷、点煤油灯、蜡烛，后来科学家和工程技术人员入住新建的简易宿舍。生活条件很原始：喝的水来自河边的冰块或积雪加热融化，吃的是青稞面、谷子面、土豆和萝卜。三年困难时期，定量低，吃不饱，不少人都浮肿。领导组织开荒种地，上山打猎，下湖捕鱼，共克时艰。工作条件很差：为了尽快造出原子弹，当时只有一个口号"响了就是最大的政治"，工作人员不顾放射性对身体的辐射，也不怕烈性炸药对身体的伤害，夜以继日地奋战在基地会战的岗位上，靠着他们对事业的热情，高超的科技智慧和扎实的理论功底，终于在 1964 年 10 月 16 日下午 3 时迎来了东方惊雷般的巨响，实现了一代人的原子弹梦想。

"两弹一星"研制成功的意义。周恩来总理说："现在再也不会没有人理睬我们了。迫使美国调整对中国的敌对不承认政策。"尼克松在 1967 年 10 号《外交季刊》杂志上刊登文章称"我们根本不可能永远把中国排斥在世界大家庭之外了……" 1971 年，我们中国重返联合国为常任理事国，使我们在国际舞台上有参与权、话语权。1972 年，美国总统尼克松访华，签署了《上海公报》，中美打开了外交大门。由此，各国元首纷纷前来北京与中国建交，从 1972 年至 1976 年，四至五年之内，据统计共有 170 多个国家和我国建立了外交关系，改善了国际环境，否则的话，我国的改革开放就不可能这么顺利。陈毅外长说："现在我的腰杆子硬了。"邓小平在 1988 年 10 月 24 日的报告中说："如果六十年代以来，中国没有'两弹一星'，中国就不能叫有重要影响力的国家，就没有现在这样的国际地位。"当今，我国的"两弹一星"进入世界前列，其精神永放光芒，研制者的丰功伟绩永垂史册，他们热爱祖国、无私奉献以及高贵的人生价值观为世人学习。

我在高校教育工作的 39 年里，从助教一步步成长为教授，这是我专业知识成长的见证。20 世纪 70 年代初，由于国家决定发展核电工业，在上海成立了 728 工程设计队，中国科学院上海原子核研究所拟建设重水反应堆，当时还在西安交通大学核反应堆工程专业工作的我受派参加协作任务，先后赴上海 728 院、中国科学院上海原子核研究所参与了相关的研究和设计工作。1981 年，

我和朱继洲教授共同编写出版了《压水堆核电站的运行》，这是国内第一本介绍百万千瓦级大型压水堆核电厂的专著。1985年，我被国家核工业部聘请为高等学校核反应堆工程专业教材编审委员会委员。

1991年，我调入中国纺织大学（现在的东华大学），从核科学与技术专业转向建筑设备与环境专业。在新的领域，我以一名小学生的姿态，从头学起，通过参与实际项目，走出校门参与建筑行业工程，不断积累业务知识和实践经验。起步较艰难，必须从头学起。我的教学重点始终是方法、思路和眼界。我相信，通过正确的引导，我们可以激发学生的内在潜力，让他们成为德智体美劳全面发展的社会主义事业建设者和接班人。

我认为，高校的使命不仅是传授知识和技能，更重要的是塑造人才，立德树人。我们应该培养具有国际视野、开拓精神的人才，他们能够探索和解决全球性的技术挑战。

一学业务知识。我组织和参与绍兴汽车站、百货公司、上海中兴综合商厦中央空调设计，从中学习和熟悉相关专业知识，实现了初步"扫盲"。

二学工程技术。我受聘浦东工程质量监督总站机电安装技术顾问。三年时间内，我参加了几十个建筑工程项目期中检查和竣工验收，审阅了国内外一大批施工图纸以及工程实体质量评定报告。

三学实践经验。与上海市四建集团合作，我担任上海建科大楼、上海第一福利院大楼机电安装技术负责人，又受聘浦东香格里拉大酒店安装质量管理，光大会展中心质量监督等工程项目，向工人师傅学习技术和经验，增长了才干。

四学工程全貌。一个完整的建筑工程项目，应由土建结构、机电安装、室内装修三部分组成，三者之间既有分工差别，也有内在的密切联系，作为一名合格的施工技术人员，必须精通一项又能兼熟悉其他两项，了解工序全过程，才能相互配合，确保工程的高质量推进。

要在社会上立足，必须具备扎实的专业知识和高情商。我严格审查设计图纸和施工方案，以确保工程质量。同时，我也学会了如何处理复杂的人际关系，确保工程的顺利进行。在我的职业生涯中，我始终坚持廉洁自爱的原则。权力越大，风险越高；小节不慎，大节难保。我始终坚守不受贿、不拿回扣、不去娱乐场所、不参加私人宴请、不参加工程类各项决标等五项处事原则。作为一名共产党员，我始终做到堂堂正正做人、清清白白做事。

我对教师职业的理解由这三个关键词组成：教育、教师、人才。教育决定着人类今天，也决定着人类明天，不重视教育的民族是一个没有希望的民族，不重视教育的人是一个愚昧无知的人。教师是教育的主导者，被称为灵魂工程师，培养出优秀人才是对社会的最大贡献，所谓优秀人才应具备国际视野、创新能力、品行端正、业务精湛、为国效力的时代新人，教师又被叫作凭良心工作的职业，以身作则、为人师表、乐于奉献和敬业精神尤其重要，因为教师的一举一动、一言一行都会潜移默化地影响学生健康成长。培养人才是目标，中国要成为人才大国、创新大国，除引进人才之外，立足国内培养，培养大批一流人才的重担落在教育工作者身上，这既是职责更是历史使命。

退休生活：积极发挥余热

退休并不意味着我停止了工作和学习。我继续参与校外建筑工程，如上海古井假日酒店的机电安装技术负责人，以及百联集团西郊购物中心的工程部总师室负责人。这些经历让我对建筑工程有了更深入的理解。同时，我也积极参与校内的关工委工作，如老教授咨询、研究生督学组，以及学校讲师团的工作。应学院安排，2013年开始给高年级本科班学生开设"压水堆核电站"课程。我通过自学撰写了多篇讲座内容，旨在启发学生的思维，发掘他们的学习潜力。

寄语同学们：对未来的展望

  大学生活主要特点是生活上要自理，管理上要自治，学习上要高度自觉，因此主动性在大学学习中是必不可少的。就主动性这一点，大学里的老师不会再像中学老师那样逼着大家学习，而更多的是在与同学的交流中传道授业解惑，这就需要学生积极主动地与老师进行沟通。大学教育具有最明显的专业性特点，每个专业的设立必有它存在的原因，很多专业也并不像学生们自己心中所想象的那样悲观。其实大学就是学习知识，扩大知识面的地方，慢慢地你们就会发现自己专业与很多领域都有交集，你们也会在这种交集中寻找到自己所感兴趣的方向，所以一开始不要悲观，不能产生负面情绪，要从新鲜的角度去重新审视自己的专业，保持愉悦的心情，才会事半功倍。

奚旦立：衣被天下东华心　青山绿水环境人

姓名：奚旦立
学院部门：环境科学与工程学院
出生年月：1939 年 2 月
退休时间：2009 年 12 月

  我 1961 年毕业于华东师范大学化学系，1980 年进入华东纺织工学院工作。
  华东纺织工学院是一所"因国家需求而创建，应国家需求而发展"的高等学府。新中国成立伊始，在黄浦江畔、苏州河边，那里有着新中国最先进的纺织工厂，集中了全国最大的纺织产能。但与巨大的产业规模相伴而生的，却是日益严重的环保与能耗问题，纺织工业年排水量约居我国工业排水量的第 4 位，其中 80% 是印染废水，且其回用率不到 10%，这是制约纺织工业发展最大的"坎"。1976 年，在方柏容教授的带领下，学校成立纺织三废治理教研室，方柏容教授独具慧眼，我们是全国最早设立"环境工程"专业的高等学校之一，早在 1978 年开始就开设"环保短训班"，继而设立环保专业本科和硕士，并培养博士研究生。
  如何办好我校的环境工程专业？我的体会是要在深入研究环境类人才需求发展教学和科研之外，还要多与纺织企业合作，研究及解决他们的环保问题，

提升纺织行业环境保护意识和环境治理水平，我国是世界第一纺织大国和强国，纺织行业的环保科学也应走在世界前列。

1982年，教育部成立了环境学科专业委员会，下设环境工程和环境科学二个分会，我有幸成为了专业委员会委员，参与起草环境工程专业的培养目标、课程设置和教学大纲，承担了面向全国高校环境专业的《环境监测》《环境学概论》等教材编写，其中《环境监测》教材已经出版了六版，成为了环境类教材发行量、使用量最多的教材之一。

20世纪90年代，考虑到纺织产业的需要，学校支持我带领团队在纺织印染集中区设计了几十座污水处理厂，我们在污水达标排放方面获得30多项发明专利，连续十年获得省部级科学进步和发明奖，为东华增光添彩，更为纺织事业保驾护航。

2008年，我们团队申报的"印染废水大通量膜处理及回用技术与产业化"项目荣获了国家科技进步二等奖。纺织印染企业如何减少污染？最直接的目标就是减排废水中的"化学需氧量"（COD）。COD是评价水体污染的综合性指标，国际上对于印染行业设立的COD标准是每升水150毫克，而我国设定的标准更为"严格"——每升水100毫克到80毫克。对于这一标准，难度相当大，"大通量膜"技术就是为了攻克这一难题。所谓"大通量膜"，简言之，就是用于过滤印染废水，减排COD所采用的孔径较大的膜。国外在处理印染废水时，一般不用膜技术，较多采用活性炭吸附，但是后者成本较高，我国大规模的纺织工业显然承受不起。如果要使每升水的COD从100毫克降低到80毫克，活性炭吸附的要价大约是膜的两到三倍。既要减排环保，又要降低能耗。我们团队将目光瞄准"膜"技术，国外利用膜技术主要用于海水淡化、饮用水等高精尖领域，而我们把它引入工业领域。我们在引入的同时将"膜"技术进行改良，把膜的孔径放大，对多种原料组合"调配"，最终确认4种组合，在扩大孔径的基础上，保证膜的强度，提高其寿命。由于国际成熟膜技术的孔径要么小于0.05毫微米，要么大于几毫微米，他们的膜孔径在0.1毫微米，正好介于国际成熟技术之间，属于"国际空白"，已经获得了专利。利用这一技术，可将印染废水的回用率从10%提高至最高的45%，一般水平也在20%~30%之间。对于企业来说，如果回压率达到20%，就可以节约4.6亿吨水。在项目获奖庆贺之余，我深深感受到一项真正有用的科研成果没有十几二十年的攻关是出不来的，搞大的科研项目，一个人是不可能成功的，我们之所以能获奖，最主要的原因还在于团队合作，我们项目团队的最大特色就是专业齐全，能力过硬，从设计、施工到管理、调试，每个人都能发挥特长。

2009年退休后，我仍然很忙碌，经常应企业、协会的邀请参与交流和宣讲工作，我喜欢搞环保研究，这已经是我的生活习惯了，如果停下来身体反而不舒服。我们做这些工作不为别的，只要废水治理得好，对社会有益，老百姓满意，就是对我们的最大嘉奖。

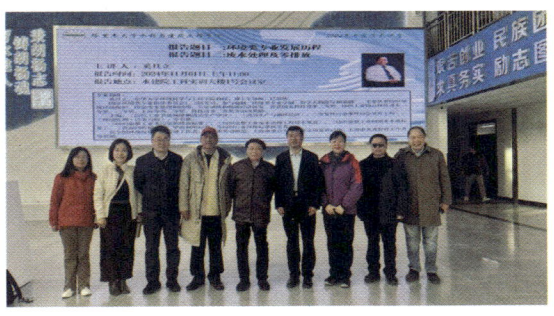

锦绣东华 春华秋实——青年学生对话东华"大先生"

施介宽：从茫茫沙漠到三尺讲台

姓名：施介宽
学院部门：环境科学与工程学院
出生年月：1940 年 10 月
退休时间：2002 年 9 月

我出生在 1940 年，从小就渴望成为一名科学家。1958 年，我 18 岁时考入了南京大学当时的气象学系。后来，为适应我国人工控制天气事业的发展，南京大学新开设大气物理专业，我也有幸成为了全国最早一批学习研究大气污染物扩散的学生，肩负着祖国的期待，怀抱着对科学的无限向往，开启了一辈子的环保生涯。

作为一名环保人，每当看到蓝天白云、青山绿水时，心情就无比舒畅。想起几十年前，情况就完全不像现在这样：河流黑臭，天空中一条条黄龙、黑龙，整个天空灰蒙蒙的。为什么现在变好了呢？是党和政府领导全国人民努力治理的结果，我作为一名环保工作者，与有荣焉。

投身环保事业　一切为了人民健康

1963 年，我从南京大学毕业，被分配到中国科学院兰州地球物理研究所工作，参加工作后基本上都是从事着与环境保护相关的工作：1963—1964 年，在

宁夏腾格里沙漠参加沙漠防治的研究，以防止流沙迁移而掩埋包兰铁路或吹入黄河堵塞河道。我们在一次考察时被困在大漠中央，四周没有参照物，来时的脚印也已被沙尘淹没，但身处险境我们并没有迷茫和不安，冷静下来后，我利用随身携带的指南针判断方向，我知道铁路就在沙漠的东边，只要坚持往东走就能走出沙漠，随后与同伴们一起向东走去，走出了险境；1965—1966年，在甘肃河西走廊参加农田干热风的防治研究，尽量保持农田的湿润，以确保小麦丰产丰收；1967—1971年，在四川、重庆山区参加两个核工程的大气污染防治研究，以减少核放射物质对大气环境的污染。我记得第一天到核工程工地，工程领导就给我们每个人发了一个搪瓷口杯，杯上刻着"一切为了人民健康"八个大字，据领导说那是毛主席对我们提出的要求，几十年来我一直把这八个大字铭记在心中。

党和国家始终把环境保护贯穿于祖国的各项经济发展工作中，此后我的工作重心也转向了建设项目的大气环境影响分析与评价。把项目建设后的环境影响后果明确在立项阶段，以便在建设过程中采取有针对性的对策来防护，保护天空更蓝更美。我先后参与针对电力、冶金、纺织、化工、机械等近十个部门上百个项目进行的环境评价，涉及甘肃、上海、北京、四川、陕西、青海、宁夏、浙江等近十个省、自治区、直辖市。

20世纪90年代，国家更加重视区域经济发展，我也随之研究区域的环境保护问题，先后针对上海化工区、海宁农业区、绍兴城镇区开展了研究，提出了区域环境质量、环境容量和排污总量的辩证关系。

教书育人见证环境学院发展

1971年，我进入教育系统，在工作中注重教学与科研并重，教过千余名学生。我和学生说，要"老老实实做人，踏踏实实做学问"，我把几十年的科研实践经验融合到理论教学中，将枯燥的理论知识与生动的实例相结合，让学生们能够深入理解环境科学的原理，让学生在学懂知识的同时，增长分析问题和解决问题的能力。很欣慰的是，他们中的很多人已经取得了骄人的成绩，已遍布环境事业的各个领域，成为中国环境事业新的力量，成为了环保行业的精英骨干。

1988年，我正式调到中国纺织大学（现东华大学）工作。那时，在许多老教师的努力下，我校的环保专业已经打下了良好的基础，当时专业的教学重点是废水治理和水环境保护，我调来后在大气环境保护领域也有了一些拓展。在40多年的发展中，在所有老师的共同努力下，我们专业从教研室发展成了系，又从系发展成了学院，也从单个专业发展成多个专业。

我在科研上曾在国内外学术刊物上发表50余篇论文，并获得国家环境保护局颁发的"科技进步二等奖"（部级），教学上被国家教委授予"先进个人"称号，并获1999年"钱之光教育奖"。

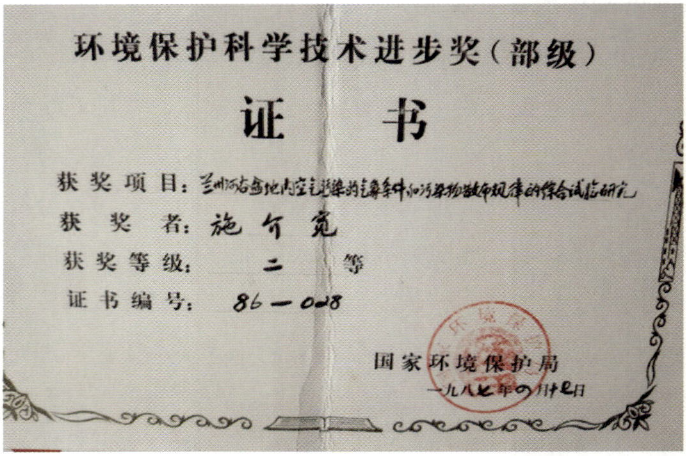

环境保护科学技术进步奖（部级）证书

获奖项目：兰州西固地区大气逆温的鉴别和大气污染物散布规律的综合试验研究
获奖者：施介宽
获奖等级：二等
证书编号：86-028

国家环境保护局
一九八七年〇月〇日

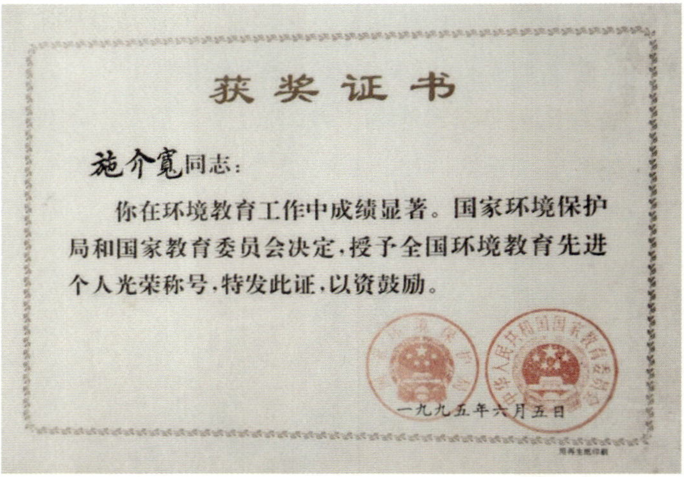

获奖证书

施介宽同志：

你在环境教育工作中成绩显著。国家环境保护局和国家教育委员会决定，授予全国环境教育先进个人光荣称号，特发此证，以资鼓励。

一九九五年六月五日

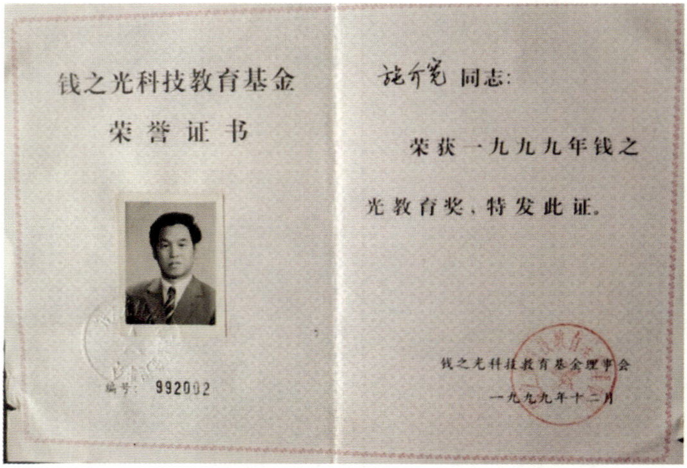

钱之光科技教育基金 荣誉证书

编号：992002

施介宽 同志：

荣获一九九九年钱之光教育奖，特发此证。

钱之光科技教育基金理事会
一九九九年十二月

关心下一代祝福东华未来

我于2002年7月光荣退休,退休前最后一节课是在2002年7月1日,那次上完课后,我和同学们准备在三教台阶处合影时,恰好路过的校党委书记薛有义很愉快地接受我们的邀请,给我留下了一张珍贵的合影。

退休后,除了继续参与一些科研项目和工程项目外,2006年我还受邀担任学校关工委环境学院分会首任常务副主任,我们几个老同志一起始终坚持"谈心、释疑、解惑、交友"的工作原则,在咨询中和青年大学生相互交流,帮助学生解决实际问题,关工委工作不仅带给我活力,也让我收获了快乐和友情。我们环境学院分会曾获2013年上海市教育系统基层"五好关工委组织"和2012—2013年度东华大学关心下一代工作先进集体等荣誉。

同学们,你们是早上八九点钟的太阳,中国环境事业的未来是属于你们的。祝愿我们的专业、我们的学院、我们的学校越来越繁荣兴盛!

31

贺善侃：在中国化时代化的马克思主义教坛上不懈耕耘

姓名：贺善侃
学院部门：人文学院
出生年月：1947 年 11 月
退休时间：2012 年 11 月

我们这一代人，基本上是新中国的同龄人，伴随着解放全中国的隆隆炮声诞生，跟随着新中国的建设脚步成长。从来到这个世界开始，我们就把自己同祖国的命运联系在了一起。

回首进入社会以来走过的数十年，自己的工作、学习经历过几个阶段、几次转折，面临着一次次人生角色转换。

一是从中学生向工人身份的转换。我是 67 届高中生。1968 年 11 月，被分配到上海人民电机厂当工人。二是从工厂职工向大学生的转换。1977 年 10 月，当国家宣布恢复高考后，我第一时间报了名并成功进入华东师范大学学习。虽然晚了整整 10 年，但还是实现了上大学的夙愿。三是从大学生向大学教师的转换。1982 年 7 月，我毕业于华东师范大学政教系哲学专业，获马克思主义哲学专业硕士学位。同年 9 月我被分配到华东纺织工学院（现东华大学）马克思主义教研室任教。直至 2012 年 11 月退休。四是从在职教师向退休教师的转折。

从 2012 年 11 月退休至今，也有 12 个年头了。

1986 年，马克思主义教研室更名为社会科学部，我任部副主任。1989 年 10 月至 1990 年 10 月，我被教育部推荐去美国印第安纳大学哲学系做访问学者。1991 年 3 月至 1998 年 7 月，担任社会科学部（系）主任。1996 年起，任东华大学人文科学研究所所长直至 2012 年 11 月退休。

几十年如一日，我长期从事马克思主义理论学科教育工作，兢兢业业、刻苦钻研，教书育人，努力提高教学质量，并带领思政课教师积极投入教学改革，取得显著成果。曾获"上海市马克思主义理论与教学研究'突出贡献奖'"。

我在多年的教学与研究中力争做到：

第一，精心组织教学、注重教学质量。

为了取得典型经验，便于提高面上的教学能力，我依据"精彩一课"的要求和设想，精心组织实施了数次马克思主义哲学"精彩一课"，收到一定效果。"从社会意识的相对独立性看德治支持法治的理论依据和重要意义"一课有幸入选 2002 年全国第二批高校思政课"精彩一课"教学示范片（上海入选 2 人）。2005 年，由我主持的马克思主义哲学课程被评为"上海市精品课程"。

第二，关注教育理念创新，注重新教育理念实施。

在马克思主义哲学和马克思主义基本原理教学中，我力求贯彻"以教师为主导，以学生为中心，师生互动，调动教与学双方积极性"的原则，创立了"五要素"教学法，即自学阅读、提问评析或要点概括、重点讲授、习题练习、专题讨论相融合。启迪学生思考问题，立足培养学生的创新精神和实践能力，努力提高课程整体功能。

2012 年，我临近退休前出版的《教育创新与创新教育》一书是集数十年呕心沥血于高校思想理论教育事业的经验和体会结晶。本书围绕教育创新与创新教育主题，探究了"现代教育视野下的师德教育"以及"服务于教育创新的思想政治教育"等内容。

第三，重视教学研究，努力实现教学与科研一体化。

我努力把教学的重点和难点作为科研的选题，长期重视教学研究。结合教学先后在《中国教育报》《思想理论教育》《思想政治课研究》等报纸杂志上公开或内部发表教学研究论文 40 多篇。一些教学研究论文被全国与上海市重要文集收录。

在 30 多年的马克思主义理论教学生涯中，我获得多项教学与研究奖项。由我主持的省部级以上主要奖项有：1. 论著《改革：中国现代化之路》（学林出版社 1993 年版）获 1995 年度上海市邓小平建设有中国特色社会主义理论优秀研究、宣传成果著作类三等奖；2. 教学录像片"从社会意识的相对独立性看德治支持法治的理论依据和意义"入选第二批全国普通高校"两课"（思政课）"精彩一课"教学示范片（2002）；3. 课题《以邓小平理论"三进"为核心，切实进行"两课"整体改革与建设》获 2001 年"上海市教学成果二等奖"；4. 主编教材《新编马克思主义哲学》获 2004 年"上海市高校优秀教材二等奖"。

第四，注重学科引领，努力提升教学与科研整体水平。

我还注意围绕马克思主义理论和思想政治教育，广泛深入地开展哲学社会科学理论研究。自 1982 年至今，在《自然辩证法研究》《学术月刊》《毛泽东邓小平理论研究》以及《光明日报》《文汇报》《解放日报》（理论版）等重要报纸杂志上公开发表学术论文 560 多篇。在上海人民出版社、学林出版社等出版学术专著 48 本（独著、主编）。

我的研究领域广泛涉及马克思主义哲学、辩证逻辑、创新思维、领导科学、统战理论和社会发展等。近年来取得显著成效的学术专题主要有：1. 发展哲学研究。代表作：（1）《实践主体论》（独著，学林出版社 2001 年版）；（2）《发展哲学研究论纲》（独著，上海三联书店 2005 年版）。2. 辩证逻辑与创

新思维研究。代表作：（1）《辩证逻辑与现代思维（第二版）》（独著，东华大学出版社 2010 年版）；（2）《创新思维概论》（主笔，东华大学出版社 2006 年第一版，2011 年第二版）；（3）论文：概念摹写与规范现实作用的提出和发展，《哲学动态》2010 年第 12 期。3. 领导科学研究。代表作：（1）《解读和谐社会领导力》（独著，上海人民出版社 2009 年版）；（2）《领导力大观》（独著，东华大学出版社 2021 年第一版）；以及社会主义核心价值观研究、统战理论研究等。

担任人文社科学科带头人期间，东华大学人文社会科学学科发展成绩显著。1993 年，社会科学系成立，实现了从公共教学单位向人文社会科学专业教学单位的转型。1999—2005 年，相继获得科学技术哲学、马克思主义哲学、马克思主义理论、行政管理（后发展为"公共管理"）等硕士学位授予权并招收硕士研究生。实现了人文社科专业层次的提升。为这些学科的硕士点的成功申报与建设我竭尽全力，并为这些学位点开设了数门高质量的学位课程。

鉴于我的教学与研究成果，荣获多项个人荣誉称号。鉴于在学术界有较大的影响力，我担任了全国和上海市多个学术团体的领导职务。

我于 2012 年 11 月退休。2013 年 12 月起，担任东华大学老（退）教协副理事长至今，2014 年 2 月起，担任东华大学人文学院关工委分会常务副主任至今。退休以来，我心系教书育人的热情依然。我加入了校关工委讲师团和老教授咨询组，视其为教书育人舞台的延伸和拓展。

退休近 12 年（2012.11—2024.6）来，为学生预备党员、学生入党积极分子、辅导员、青年教师骨干等开设了围绕习近平新时代中国特色社会主义思想的 40 多个专题的党课（讲座）约 200 次，听讲人次超 2 万。还参与了大学生思想咨询活动，与青年学生沟通思想，漫谈人生。近年来，先后被学校党委聘为党的十八大、党的十九大、党的二十大精神和习近平总书记重要讲话精神讲师团成员。

参加关心下一代工作以来，主持完成了 2 项教育部关工委课题，7 项上海市教委关工委课题。主持的课题分别被评为上海市教育系统关心下一代工作课题"特等奖"（3 项）、"特别优秀奖"（2 项）、"一等奖""二等奖"各 1 项。主持的 2020 年教育部关工委课题报告收入《教育系统关心下一代课题研究集萃》一书（纪念教育部关工委成立 30 周年系列丛书，北京大学出版社 2021 年 8 月版）。

以习近平新时代中国特色社会主义思想的研究为指引，我深入开启哲学社会科学理论研究。主持承担有关课题（含 1 项重大课题）多项。2013 至 2023 年获得各类优秀论文奖和课题奖项达 30 多项。撰写的《论党的群众路线的新发展——深刻领会习近平关于坚持宗旨意识的讲话精神》一文入选 2014 年 9 月在北京召开的"中央党的群众路线教育实践活动理论研讨会"。撰写的论文《"四个全面"战略布局宣示我党治国理政全新格局》《论习近平的领导战略智慧》分别在 2015 年上海市"学习习近平总书记系列重要讲话精神与推进'四个全面'战略布局"以及 2016 年上海市"学习习近平总书记治国理政新理念新思想新战略与全面建成小康社会"理论研讨征文活动中荣获优秀论文奖。论文《全人类共同价值：回答"世界之问"的中国智慧》一文被评为上海市"马克思主义中国化新的飞跃与全面建设社会主义现代化国家"理论征文活动优秀论文（2022 年 11 月）。

担任人文学院关工委常务副主任期间，人文学院关工委数次被评为上海市教委系统及校级优秀基层关工委。本人于 2020 年被评为"上海市教育系统关心下一代工作先进工作者"。2021 年获评全国教育系统关心下一代先进工作者。

我的成长历程说明，努力和机遇不可分。现代社会尊重知识、尊重人才，国家给青年学生提供了大量成才机会，但最后的成功还要靠自身努力。成功就是在自己的岗位上，尽自己的最大努力，做到最好。安心本职，乐于奉献，在平凡的岗位上辛勤耕耘，作出不平凡的贡献，就是最大的一种成功。

21世纪,我们将迎来第二个百年:社会主义现代化强国梦的实现。现在的年轻人,正站在以中国式现代化全面推进中华民族伟大复兴的新的历史起点上。历史将会见证新的一代的辉煌!

主要奖项:

1.1997年获全国宝钢优秀教师教育奖。

2.2001年获上海市高校"两课"优秀教师。

3.教学录像片"从社会意识的相对独立性看德治支持法治的理论依据和意义"入选第二批全国普通高校"两课""精彩一课"教学示范片。

4.2003年获上海市高校教学名师奖、东华大学教学名师奖。

5.马克思主义哲学课程被评为2005年度上海市精品课程(主持人)。

6.2006年获上海市统一战线(工作)先进个人称号(2003—2005年度)。

7.2008年获东华大学首届校长奖。

8.2013—2014、2015—2016、2017—2018年度东华大学关心下一代工作"先进工作者"。

9.2016 年被评为"上海市教委工作党委系统优秀共产党员""东华大学优秀党员"。

10.2018 年被评为上海市退管系统"老有所为精英奖"。

11.2020 年被评为"上海市教育系统关心下一代工作先进工作者"。

12.2020 年获评"上海市马克思主义理论研究'突出贡献奖'"。

13.2021 年获评"全国教育系统关心下一代先进工作者"。

14.2023 年被评为"上海市教育系统关工委'先行先试'先进个人"。

担任社会职务：

全国辩证逻辑专业委员会常务理事；

全国价值哲学研究会常务理事；

上海市领导科学学会常务理事、副秘书长；

上海市逻辑学会副会长、顾问；

上海市统战理论研究会常务理事；

上海市哲学学会理事；

上海市中国特色社会主义理论研究会理事；

上海市中西哲学比较研究会理事。

李绍宽：我最主要的任务就是教书

姓名： 李绍宽
学院部门： 数学与统计学院
出生年月： 1941 年 12 月
退休时间： 2005 年 2 月

我是李绍宽，一个与新中国共同成长的平凡人。1941 年 12 月，我出生在上海，恰逢一个充满变革的时代。我的童年在战火中度过，直到中华人民共和国成立，我才有了稳定的生活和学习的机会。我有幸在新中国的阳光下成长，接受教育，最终走上了科研和教育的道路。

我的学术旅程始于复旦大学数学系，那里我埋下了对数学研究的种子。然而，大学毕业后，我被分配到了中学教书，一度以为我的科研梦想就此破灭。但 1978 年，国家恢复了研究生招生考试，这对我来说是一次重生的机会。我毫不犹豫地报名参加，尽管已是 37 岁的"大龄青年"，但我依然凭借扎实的数学基础，考取了复旦大学的研究生，师从夏道行和严绍宗两位著名教授。

在华东纺织工学院（现东华大学）工作期间，我得到了继续攻读博士学位的机会。1983 年 5 月 27 日，我在人民大会堂领取了博士学位证书，成为新中国首批自主培养的博士之一，我们这 18 位博士也被称为"十八罗汉"。那一天，热泪盈眶的我翻开了新中国高等教育人才培养崭新的一页。

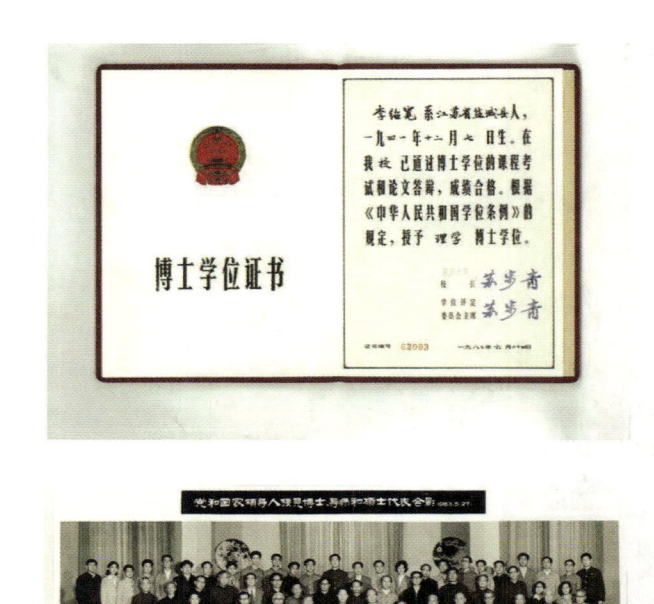

我常常说，我这个人很平凡，没有什么特殊的地方。但当我回想起在东华大学的岁月，我感到无比的自豪和满足。我上课从不带一本书，不携一页教案，就凭着一支粉笔，从头至尾，讲得满堂"金课"。我始终认为，作为老师，最重要的就是把自己的业务搞好，把教材吃透，真正把它变成自己的东西。只有这样，上课才能自如。

在东华我最主要的任务就是教书。我还记得，有一次我给一个足球班的学生上课，他们被我的博学、真诚和宽厚所打动，亲切地喊我"宽哥"。我不仅教授他们数学知识，还经常给他们讲讲人生的哲学，谈谈大学对人一生成长的重要性。我始终认为，教师的职责不仅仅是传授知识，更重要的是以身作则，用师德师爱育人。

在东华大学，我见证了理学院的成立和发展，直至退休都未曾离开过我深爱的三尺讲台。我每年的教学工作量至少是别人的两倍，每周至少二十几节课，从早上到晚，但我从不叫苦叫累。我始终认为，这是我作为教师的职责和使命。我的故事，是与祖国同行、与东华共进的故事。我感谢每一位东华人，感谢你们的支持和陪伴。作为新时代的奋斗者和追梦人，追求卓越的东华精神将鼓舞我们继续向奋进的东华迈进。

今年（2024年）是新中国成立75周年，东华也将迎来73岁生日。在这个值得纪念的时刻，我想与大家分享我的故事，一个与祖国教育事业共同成长的平凡人的故事。我的故事，是那一代人对祖国最朴素的回报心愿的缩影。我希望通过我的经历，能够激励更多的年轻学子，将个人的成长融入祖国的发展之中，为实现中华民族的伟大复兴贡献自己的力量。

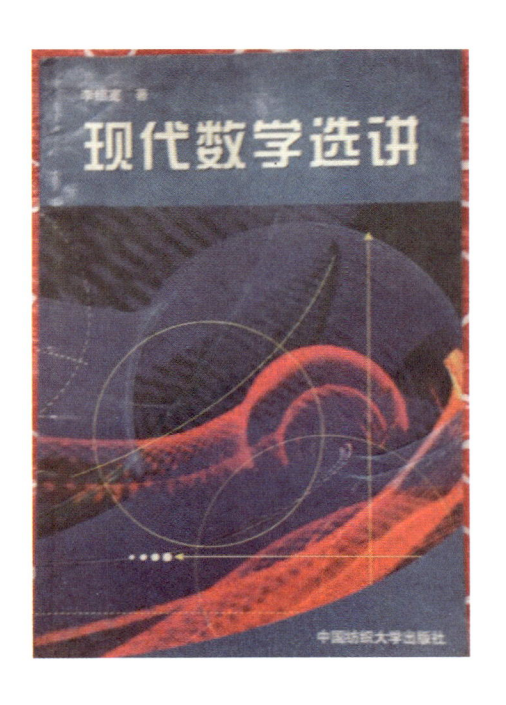

锦绣东华 春华秋实 ——青年学生对话东华「大先生」

33

汤毓骏：让人入迷的物理人生

姓名：汤毓骏
学院部门：物理学院
出生年月：1930 年 2 月
退休时间：1995 年 3 月

    我是汤毓骏，江苏常州人，19 岁时我离别故乡到上海上大学，1952 年，我成为新中国第一代全国统一分配的大学毕业生，来到华东纺织工学院（今东华大学）工作。

    到华东纺织工学院物理组任职伊始，就遇上了名师程守洙教授。在程守洙的带领下，我踏上了高等教育战线，成为高教战线上的一名成员。华东纺织工学院成立于 1951 年，我和学校可说是一起成长。纺大的历史档案记录了成长的足迹、发展的过程。这些档案资料既是一面镜子，又是一个指南针，它使我们明晰成败利钝，它指引我们改革创新，它让我们高举教改的大旗，永远前进。程守洙的专长是原子核物理，为了新中国的大学物理教育，他应邀到华纺任教，他的言传身教，使我很快走上讲坛，并参与编写大学物理教材。

    1959 年 2 月底，上海市高等教育局高教处处长曾未风召集了华东纺织工学院、交通大学、同济大学、华东化工学院、上海水产学院和上海铁道学院六校

锦绣东华 春华秋实——青年学生对话东华「大先生」

物理组的代表，组成编书小组，由我校程守洙任组长，同济大学江之永任副组长，他们共同主编的《普通物理学》是新中国数一数二的国人自编教材，在当时独领风骚。编写组成立后，1959年3月拟定出高等工科院校物理教学大纲（草案），由我执笔，发表在1959年的《物理通报》上。

这本《普通物理学》教材共有七版，第六版还出了相应的简明教程，这本教材被评为全国精品教材。第七版在继承原有风格的同时，力求突出"传世经典化"、"近代科技化"和"自然科学人文化"的原则，在我国首届全国教材建设奖大会上，荣获"全国优秀教材二等奖"。

物理学是一门研究人与自然界相互作用的学科，这种学科牛顿称之为力学或物理学，牛顿用三个定律建立了力学，或说建立了物理学。考虑到物理与自然界的息息相关，物理学被称为普通物理学是不合适的，应该改称为大学自然物理学。自然界是"人类生存和生活的资源库"，自然界有很多特殊现象，令人不解，但是用了物理思想、物理手段和物理方法，就会有合适的解释。

浙江省有一个为人们所津津乐道的自然景观，这就是鹰窠顶的日月并升。日月并升最显著的特点是其周期性，每当九月既晦，十月之朔，游客成群结伴，登鹰窠顶看日月并升。日月并升现象是明代学者黄宗羲命名的，他想用日月食的道理来进行解释，未能成功。我在此提出一种可能的解释，供大家参考。

　　月亮是地球的卫星，沿着自己的轨道不停地绕地球旋转，据天文观察，除月亮外，地球虽无其他卫星，但有两块云状物，它们和卫星一样地绕着地球转动。云状物对光线来说是透明的，光线遇到云状物，一部分透射过去，一部分像遇到镜面似的被反射回来。在日月并升现象中，人们看到的太阳和月亮，一个是本体，另一个只是一个镜像，产生日月并升的条件是云状物走进了月亮与太阳的直线距离之内，来自太阳的光线透过云状物照射到月亮上，月亮的反光投射在云状物上形成镜像。这样，地球上的人透过云状物去看日出，就同时看到了太阳和月亮。由于月亮和云状物距离，所以月亮的镜像在太阳的前面。太阳和

2000年全国高等工科院校物理教育研讨会合影 7.18 于洛工

月亮都在运动着,当镜像和太阳相互"遮掩"时,太阳未"遮掩"的部分就像月牙一样忽左忽右地闪动起来,形成合璧奇观。如果没有相互"遮掩",日轮月影双悬东方,也使人称奇不已。

日月并升现象与观察点的位置关系不大,但以中国之大,也不是处处可以看见。这个现象只出现在极少数的几个观察点上,它们是苏州洞庭西山、天平山、浙江平湖、南北湖(鹰窠顶、云岫山)、杭州葛岭初阳台。所以日月并升这个举世无双的现象,是中国特有的世界大自然景观,应该是国宝级的。

1959年10月5日,我游了四川峨眉山后,写了峨眉山歌。峨眉为佛家四大名山之一,山中佛灯实为磷光,现在山麓开设磷厂,支援工农业建设。

峨眉山歌(摘)

峨眉山头月一轮　清光曾照谪仙尺　谪仙一去不复返

寂寞名山更谁咏　久慕雄秀甲天下　亲历始信无虚名

纵有生花妙笔在　写山写水亦无能　宇内有岳尽下风

我喜欢旅游,喜欢读书。行万里路,读万卷书,是我的座右铭。我注重发现,注重创新,收获使我激动万分。电子元电容 1.602×10^{-19} 此数之谜如海洋深。经研究,我发现它的倒数表示组成电场的光子数,由光子组成的场以光速运动乃是电的本性。我站在高山上,返望经过的历程,旅游、读书,蓦然发现:啊!这就是我的人生。

俞昊旻：奋力跟踪理论力学的前沿发展和技术应用

姓名：俞昊旻
学院部门：物理学院
出生年月：1935 年 8 月
退休时间：1995 年 9 月

  我 1935 年 8 月生于浙江省桐乡市，1955 年毕业于华东纺织工学院（今东华大学）机械系本科，后留校任助教、讲师、副教授、教授，长期从事理论力学、工程力学、振动学、转子动力学等的教学和科研工作。担任过学校理论力学教研室主任、基础部学术委员会委员、上海市振动工程学会理事、上海市高等教育局高等学校教师高级职务评审委员会力学学科评审组成员。

  1955 年我成为了学校机械系首届本科毕业生，其实我与学校的关系更有渊源。华纺成立于 1951 年，当时是由几所学校合并而成，而我 1949 年进入的上海纺织工业专科学校也是其中之一，当时该校校长是纺织教育家周承佑先生，其办学思想是要求学校的学生在五年学制里，前两年的预科阶段要完成普通高中三年的课程，后面三年则要完成相应专业本科的课程。从 1949 年初中毕业进入该校至 1951 年华东纺织工学院成立时的两年中，我如期完成了普通高中三年的课程，从而免试顺利进入华东纺织工学院机械系本科学习。

在学校学习和工作50多年中，除了完成常规的教学工作外，我还重点进行了以下相关的教学改革和科学研究工作：

（1）教学改革：理论力学是机械类专业非常重要的一门基础技术课，学生普遍反映比较抽象难学，特别是习题灵活多变，是学生考试不及格比例较高的一门课程。我校理论力学教研室在本课理论联系实际方面曾做了大量工作。20世纪60年代本人深入纺织厂、纺织机械厂收集了大量生产实践中涉及理论力学内容的课题，并抽象成可作为理论力学习题的200道题目，带领学生进行现场教学，提高了学生学习本课程的兴趣和信心。此措施也得到上海市高等学校理论力学协作组的肯定，当时协作组还为此组织兄弟院校来我校棉纺工厂、机织工厂、机械工厂等开了现场交流会，得到好评，扩大了我校理论力学教学工作在上海高校中的影响。本人收集的200道纺织机械中理论力学习题曾汇总成册出版，后因特殊时期而搁浅，此资料本人已交校档案馆保存。

（2）学科交叉进行科研：本人长期与校内外兄弟教研室进行协作，发挥多门学科优势、取长补短进行科学研究，如与本校纺机教研室协作的《纺纱锭子的理论与实践》荣获中国纺织总会（原中国纺织工业部）一九九七年度科学技术进步二等奖。

20世纪80年代，国外振动理论领域新兴一个分支——模态综合技术，在提高结构动态分析和计算效率方面具有强大生命力，特别对一些具有众多重复性结构的机械更显示其突出的优越性。纺织机械很多都具有重复性、结构众多的特性，我将模态综合技术应用至纺织机械动态分析，并推广移植至复合回转系统的稳定性研究。1984年，我应浙江丝绸工学院邀请就此研究内容进行讲学，当时该校毕业班参加讲座的学生后来由此报考我校固体力学专业这一方向的硕士研究生获得录取。在这一方面本人单独或本人为第一作者发表的研究论文还有：《重复性结构模态综合技术——张力架动力分析》（发表于《振动工程学报》第 4 卷第 2 期，1991 年）；《具有轴向载荷的复合回转系统的临界转速》（发表于《纺织基础科学报》1993 年第 3 期）等。

（3）国际交流合作科研：1987 年 10 月至 1988 年 10 月本人作为公派访问学者去美国凯司大学（Case Western Reserve University）机械和航天工程系进行转子动力学合作科研一年。其间与该校 M.L. 亚当斯教授（M. L. Adams）合作完成的研究成果（本人为第一作者）《具有径向运动和偏斜运动时轴承和密封的动态特性》发表于国际权威期刊：英国《声和振动学报》（Journal of Sound and Vibration）1989 年第 3 期。

1986 年国际振动学术会议（The International Conference on Vibration Problems in Engineering）在西安举行，本人论文 The Application of The Method of Lagrange Multipliers to Component Mode Synthesis Techniques 在会上宣读并编入大会论文集。

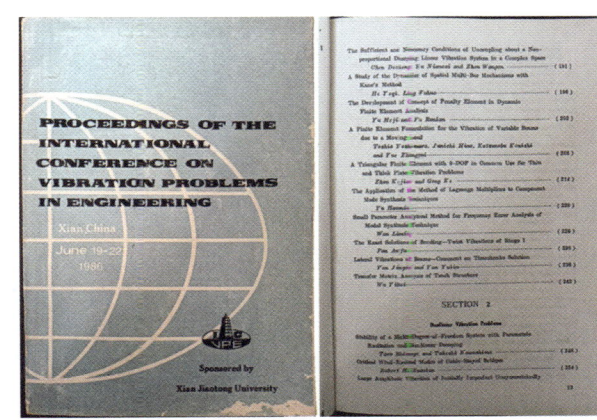

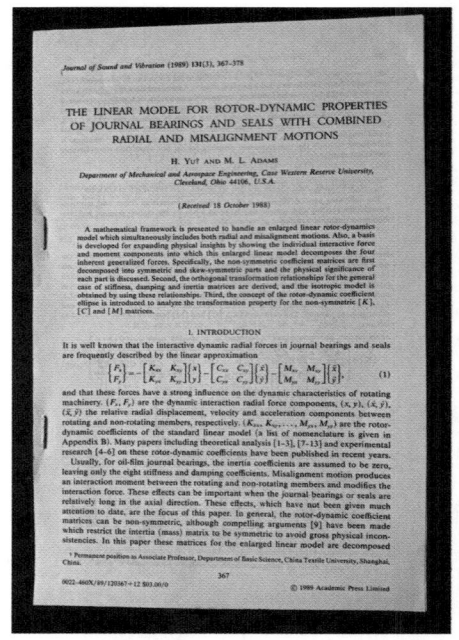

1987年美国机械工程学会在美国波士顿（Boston）举办ASME第11届国际振动和噪声学术会议，本人论文 The Stability of Rotating Shafts When Distributed Gyroscopic Effect are Taken into Account 被接受并在会上宣读，并编入大会论文集，后又被选入美国《回转机械动力学》1987年第一卷（Rotating Machinery Dynamics，Vol.1，ASME，New York，1987.9）出版。

在50余年学习和工作期间，在辛勤求学和工作之余，我也积极参加社团文体活动。学生时期我曾是华纺合唱团成员，主唱男低音，并有幸作为骨干推选至上海聂耳合唱团进行培训和演出，有一年国庆节随聂耳合唱团参加文娱晚会演出的情景至今记忆犹新，我喜欢乒乓球和体操，曾获得国家体委颁发的乒乓球三级运动员证书。

1956年暑假，上海市组织上海市高等学校学生夏令营远赴青岛进行丰富多彩的登山、海滩游泳、野外露营、参观游览等活动，我校选派了40余名学生参加，我当时已留校任教，被选为三名青年教师代表中的一员随队全程参加。

这些课余活动至今印象深刻，是青葱岁月的美好回忆。

回望过去，我始终心怀感恩，不忘国家、母校和恩师的培养，其中对自己成长影响最为深远的是谭声乙先生。读大学时，谭先生是我们的力学老师，讲授理论力学和弹性力学（选修课），谭先生是资深教授，在正式上课前同学早有所闻，更由于先生在实际教学中所体现出来的高尚品德、学术造诣、治学态度，在同学中享有很高威望。1955毕业后，我留校当谭先生助教。当时谭先生是理论力学教研室主任，非常重视有计划系统地培养青年教师，彼时室内10多位年轻老师，都毕业于工科院校的机械系和纺织系，谭先生认为搞力学的教学和科研工作需要有扎实的教学基础，工科专业所学的数学是远远不够的，因此在教研室内采取措施，有计划地对青年教师进行培养提高。办法之一是系统举行读书报告会，学期初教研室就安排好多位青年教师一学期自学内容（如矩阵、数学物理方程、泛函分析、变分法、复变函数等），然后每周轮流由青年教师作读书报告，一学期中每位青年教师至少一次。读书报告重在理论力学教研室内举行，但多次都有外室乃至外系的青年教师自发参加，有的报告内容还吸引了不少高年级学生来听讲，反响很大，既活跃了学术气氛，又为青年教师系统地加强数学基础，取得了很好效果。

1957年底"反右"初告段落，我作为我校第一批下放干部去西郊原宝北乡进行劳动锻炼，与农民同吃同住同劳动。谭先生知道后，不顾他当时处境已相当艰难，在我临下乡前的一个晚上，不顾路远专程来我家，一手提着装水果的编织箩筐，另一手拿了七八本书，包括英文的、俄文的、力学的、数学的，嘱咐我下乡劳动后业务不能荒废，晚上要抽空学习，还特别强调了英文和数学是绝对不能放松的。在一年零四个月下放劳动期间，我在艰苦劳动之余，利用晚上和农闲时节，不忘师嘱坚持业务进修，为日后继续教学工作和未来学术发展打下了基础。

1995年9月我光荣退休，退休前我被评为学校优秀共产党员，给我的职业生涯画上了圆满的句号。

退休后，从1999年3月至2011年1月，我被聘任为校教学巡视员。

图11 1999年6月校教学巡视组工作照

学校建校73年来取得了飞速的发展，进入"211工程""双一流"行列，相信东华大学的未来一定会更好！

李鸿儒：我校开创了上海高校援疆的先河

姓名：李鸿儒
学院部门：科学技术研究院
出生年月：1936 年 9 月
退休时间：1996 年 9 月

我叫李鸿儒，今年（2024）89 岁。1956 年经天津国棉一厂推荐，我来华东纺织工学院参加入学考试并被录取，1960 年从棉纺专业毕业后留校，先在棉纺研究室进行华纺式超大牵伸研究工作，然后在 1962 年 9 月又被调入纺织系棉纺教研组从事教学工作共 25 年、在科研处从事专利工作 11 年多。

最近，我返校参加了我们退教协的交流会议，会上听到我们东华大学有一大批退休老教授参加"银龄计划"到新疆、云南几所高校支教，我不禁想起了四十年前去新疆支教的难忘经历，时光过得真快！1984 年 8 月下旬，受学校委派，我赴新疆乌鲁木齐新疆职业大学进行支教，到 12 月中旬返校，大约有 4 个月的时间。那次我赴疆支教，据我所知是上海高校首次派出教师前往新疆支教，因此可以说我校开创了上海高校委派教师赴新疆进行支教的先河。

当年 8 月初，新疆职业大学校领导到我校，迫切希望我校派一位棉纺专业老师到该校进行支教，帮助该校学生更好地学习掌握纺织领域的专业知识，当

时我校热情地答应了此事，教务处时任处长孙俊康联系我们棉纺教研组的领导，然后就选派我去新疆进行支教。

记得去新疆的那天原定飞机起飞时间是早晨6点半，由于飞机有故障需要进行设备检修，一直等到下午3点半我们才上飞机，登机后等了一段时间总算起飞。到了新疆已是晚上8点钟，新疆职业大学来接我的校领导一方面对我的到来表示热情欢迎，另一方面对我这么晚才到新疆表示十分担心，他们在乌鲁木齐机场等候了几个小时，见飞机迟迟不来多次与上海机场联系，询问延误原因，心里十分不安！见面后开汽车带我到学校，送到宿舍后让我好好休息，第二天又来看我，对我十分关心照顾。

到了冬季，由于新疆气候寒冷，学校已有暖气供暖，室内十分干燥，我很不适应，干燥造成我的胸部气管发痒，夜间难以入睡，后来在校医务室经医生诊治，给我吊了三天青霉素和链霉素，治好了我的病症，得以顺利进行教学。

在新疆职业大学进行教学，我的讲课内容比较丰富，除了讲了学校出版的《棉纺学》教材的内容外，我还在上课教学中充实了如下教学内容：（1）我在纺织工厂了解到的已投入使用的国外先进新型纺纱机进行生产实践的有关资料；（2）南通国棉一厂对国外引进的新型粗纱机进行消化使用的调研报告资料；（3）利用暑假对本校使用的棉纺教材在粗纱机纺纱张力理论上有疑问的地方，

李鸿儒：我校开创了上海高校援疆的先河

我利用本教研组的仪器设备到本市棉纺厂和南通国棉一厂进行论证测试，经过测试我发现在粗纱机前排锭翼上面加装了假捻器，会与学校编写的棉纺学教材理论不一致，为此我曾在《棉纺织技术》刊物上发表过一篇受到纺织界前辈好评的文章资料；（4）平时阅读有关纺织期刊所搜集到的一些比较实用的资料。

由于我在新疆职业大学教学讲稿中充实了多方面的生产实践调研材料、本人发表文章等有关材料，所以在新疆职业大学为学生上课的内容充实丰富，引起了学生的学习兴趣，深受同学欢迎。班上有一位库尔勒来校读棉纺专业的男同学，当时曾跟我讲，大家原来对上棉纺专业课都不感兴趣，上课不爱听，学不到国内外前沿的生产应用知识，有些人甚至认为当时不应该报考棉纺专业，但自从我给他们授课后，同学们充分了解到国内外纺织工业技术的飞速发展，不仅获得很多纺织专业知识，还让很多同学喜欢上了棉纺专业。这位同学对我讲述后使我深受感动，学生不仅在教学中能获得专业老师教学的专业知识，更重燃了对棉纺专业的热爱，深刻体会到优质教学对学生专业认同的重要影响，使我感到很欣慰！

通过4个月的棉纺专业教学，我顺利完成了学校交给我的任务。离别前，新疆职业大学领导和全班同学与我一起合影留念，这是我一生中一段很值得回忆留念的往事，转眼已40年过去了！

从新疆返校后我继续在本校纺织系棉纺教研组任教22年多，我曾培养过10届本国学生和2届外国留学生，桃李满天下，深感欣慰！

1985年初，我调动到科研处工作，8月21日，我们学校的校名从华东纺织工学院改名为中国纺织大学，当月，学校成立中国纺织大学专利事务所，由我担任所长，让发挥自己在北京国家知识产权局通过进修所学到的新的知识产权专业特长，协助校内老师撰写专利申请，因为均能获得如愿批准，深受发明人的信任和欢迎，我们学校的专利申请工作在上海市高校名列前茅，得到上海市专利管理局多次表扬。

在庆祝中华人民共和国专利法实施十周年之际，我有幸分别荣获中华人民共和国专利局颁发的奖状和上海市专利代理行业协会颁发的荣誉证书。

学校的专利工作除专利代理外还包括解决专利纠纷、专利转让和专利选修课教学等工作。

1996年，我退休后被返聘，在科研处、纺织研究院继续发挥余热，一直到2012年突发重症肌无力病而二次退休，在校工作共有52年之久。

回顾往昔，我既荣幸于四十年前参与开创上海高校援疆支教先河，亦欣慰于为学校科研专利申请略尽绵薄之力，这些经历始终是我人生中最珍贵的记忆。

钱和生：爱国奉献、愿做隐姓埋名人

姓名：钱和生
学院部门：分析测试中心
出生年月：1940 年 8 月
退休时间：2000 年 8 月

1958 年，我考入北京大学化学系，1960 年，转北京大学技术物理系放射化学专业，1964 年，毕业分配到承担原子能研究的二机部 401 所工作。我所在的研究室从事核反应堆辐照铀提纯核装料钚 -239。1959 年，苏联专家撤退，我们国家决定自力更生搞出钚 -239。1964 年底，研究室把提纯钚 -239 作为最紧急的政治任务，采取集中兵力打歼灭战的办法，组成突击队，参与提取钚 -239 国防科研任务，协同攻关，在大剂量辐照下，完成了实验室工艺流程冷实验、热实验。我作为突击队组长，与组员制作成环氧树脂混合澄清槽的工艺设备，为我国第一座生产军用钚的后处理厂提供了萃取工艺流程。1970 年后，研究钍燃料的后处理工艺流程，艰苦奋斗，做隐姓埋名人。

今年（2024），我国第一颗原子弹在新疆罗布泊爆炸成功 60 周年，国家为从事核武器事业健在的老一代，颁发我国第一颗原子弹爆炸成功 60 周年纪念章。铭记历史，弘扬"两弹精神"。

20 世纪 80 年代，我们学校华东纺织工学院测试中心用世界银行贷款购置国内外先进仪器设备。1985 年 12 月，我被引进到华东纺织工学院测试中心工作，开发"傅里叶红外光谱仪"的应用，光声光谱测定苎麻结构、测定组合浆料中变性聚乙烯醇、混纺纤维中涤纶。

1991 年，我任中国纺织大学测试中心副主任。

20 世纪 90 年代中期，测试中心由于缺乏资金投入，发展停滞，人员分流，压缩编制，测试中心老师尽全力完成校内外测试分析，还开展甲壳素提取、氨基葡萄糖盐酸盐制备工艺流程、羧甲基壳聚糖制备、氨基葡萄糖盐酸盐溶解度、壳聚糖吸附铜、甲壳素的脱乙酰化反应的研究。

1994 年 10 月 25 日，我参加了一次十分难忘、十分重要的红外光谱会议，我向会议递交了《傅里叶变换红外光声光谱法在聚合物研究中应用》论文。北京大学教授徐光宪（物理化学家，中国科学院院士，2008 年度最高科技奖），中国科学院原子能研究所研究员吴征铠（物理化学家、放射化学家，中国科

院院士），北京大学教授吴瑾光（物理化学与无机化学家，主编的《近代傅里叶变换红外光谱技术及应用》获第九届中国图书奖）等知名教授共同参会。

  1994 年底，东华大学测试中心与材料学院合并。我也参加了 1996 年中国第一届甲壳质化学学术会议。

  2000 年，我从东华大学退休。2002 年 8 月，我参与了东华大学测试中心扩建筹备工作，编写、审定"气相 - 质谱色谱仪（GCMS）""元素分析仪""电感耦合等离子发射光谱仪（ICP）"等仪器的报告。

  2003—2007 年，我主管"气质联用仪"。大学的"仪器分析"课程对质谱仪仅介绍了简单原理。为了更好地开发利用"气相 - 质谱色谱仪（GCMS-Py）"，我通读了有关气相色谱仪、质谱仪、裂解技术，为学校研究生讲授"裂解色谱质谱联用技术"。我研究了酚醛树脂、聚对苯二甲酰对苯二胺纤维、聚醚酰亚胺纤维、聚苯硫醚、聚氯乙烯、芳石风纶纤维、对苯二甲酸丁二酯纤维、对苯二甲酸丙二酯纤维、对苯二甲酸乙二酯纤维、聚苯硫醚、天然甲壳素、普通白棉、彩棉等高分子材料的裂解性能，完成了上海商检局与东华大学合作的彩棉鉴别的测试方法的课题。研究论文发表于《东华大学学报（英文）》《东华大学学报（中文）》《分析测试学报》《合成纤维》《合成纤维工业》等中文核心期刊，"裂解气相色谱-质谱法"获 2005 年"上海市西南片高校办学管理委员会的分析测试技术论文奖二等奖"。这期间，我也参加了 2004 年中国质谱学会第七届全国会员大会暨学术交流会、2005 年第十三届有机质谱学术大会、2007 年岛津-安徽省色谱质谱学术交流会。

近年来，测试中心年轻一代教师除完成本校测试分析任务外，还继续拓展裂解色谱质谱联用技术的应用。学校与厦门大学、天津师范大学、南方科技大学等二十多所高校，中国科学院亚热带农业生态研究所等科研院所以及相关企业用裂解气相色谱质谱联用仪研究土壤、海水过滤膜、橡胶、刹车片、地质矿产-沉积岩等基体的样品。裂解色谱质谱联用仪利用率位居测试中心大型仪器前列，产生了良好的效益。

"身为一叶无轻重，愿将一生献宏谋"，60 年前，我们这批人爱国奉献、艰苦奋斗、做隐姓埋名人。曾有句经典名言"知识就是力量"，知识能够丰富人的思想，能够让人更聪明，更重要的是运用知识的技能。我践行了活到老，学到老，更新知识，也为学校测试中心发展尽了一份力。

时光荏苒，岁月如梭，东华大学测试中心走过了 20 个年头，成为学校人才培养、科学研究和社会服务的重要基地。作为测试中心的一位成员，期待测试中必有更加辉煌的明天。

孟广甫：努力钻研，为东华闯出一片新天地

姓名：孟广甫
学院部门：校部
出生年月：1934年8月
退休时间：1995年12月

1956年，我进入华东纺织工学院读书，毕业后留校任教并担任物理教研组党支部书记和基础部副书记。"文化大革命"时期在"五·七"干校劳动两年，回校后负责管理游泳池，后来任化纤自动化和电气自动化两个专业的辅导员。

从1977年1月开始到退休，我主要担任三方面的工作：一是作为留学生办公室负责人，筹备团代会、学代会，任校团委书记和青年工作部部长，筹备教代会，兼任校工会主席；二是主持学校基本建设工作；三是去无锡校区任校长。下面说说我的主要工作情况。

齐心协力，做好我校留学生工作

1977年1月学校调我去留学生办公室任负责人，当时的状况是办公室和留学生之间、中外学生之间关系不融洽，甚至有些对立。每天总有人把餐厅的杯子、碗、盒子，甚至把饭桌、台板、玻璃放到我的办公桌子上。据反映，中国学生不尊重留学生风俗习惯常有发生，留学生对住宿安排意见非常大。最让我

难忘的是，一天下午我看到一位尼泊尔学生在阅览室看画报，我就坐到他对面，问他："你的学习和生活有什么困难，要办公室解决吗？"他说："老师，我们和办公室之间没有关系。"说完，他就走开了。这件事对我的触动很大。不久，我们多次组织留办工作人员和中文教师学习教育部有关留学生工作方面文件和外事工作纪律，分析我们工作中存在的问题和不足，制定整改措施。接下来，分别组织餐厅工作人员、中国学生及部分任课老师学习有关文件精神，以解决留学生反映强烈的生活服务问题为抓手，制定整改方案，经各方充分讨论修改后组织实施。根据当时条件组织调整留学生住宿和餐厅工作人员，并经过修缮改善了留学生用餐环境和厨房操作间环境。在此基础上修改和新建立一些规章制度，特别是有关留学生学习方面的规章制度，同时组织办公室人员和中文教师分别和留学生一对一交朋友，经过一段时间的运转，各方面的关系明显改善，留学生学习积极性也提高了，有留学生在走廊黑板上写道："谢谢办公室老师"。后来我们总结，为改善当时的状况，从留学生意见最大的生活方面着手整改，最后落实到抓好留学生的学习，看来这个思路和方法是成功的。1997年底，我校留学生办公室被评为"上海市教育战线先进集体"。

学校的基本建设工作成了我的终身职业和兴趣爱好

党的十一届三中全会之后，高等教育和全国其他战线均迎来了快速发展机遇。那时我们纺织部属高等学校共同的不足是校园占地太小，各类用房紧缺，不适应当时办学需要。华纺这方面情况更为严重，好的是纺织工业部和上海市

孟广甫：努力钻研，为东华闯出一片新天地

对我校都很支持和关心，积极落实征地扩大校园和增加投资。故学校需要投入更多的人力参加校园基本建设工作。此时我也有幸加入这支队伍，任基建处处长。

我是学校纺织系毕业的，从未接触工程建设，对这样的技术管理岗位很不适应。我知道世上没有学不会的事情，为了完成组织交给的任务，我决心边干边学，争取做一个合格的工程师。于是请朋友从同济大学借来12本有关建筑方面的书籍，工作中认真向实践学，向工程技术人员学，尽快适应基本建设工作，团结全体基建处同志着手启动多项单体工程的准备，如新教学大楼18层27 000平方米，研究生大楼14 000平方米，纺化实验楼7层5 800平方米，二栋住宅7层6 000平方米，留学生楼5层3 000平方米，幼儿园1 100平方米等，当时学校的总要求是抓紧准备分年实施。在建设过程中，每个单体工程要达到开工条件，很多方面要筹措和落实，如资金、钢材、水泥，还要有一个符合实用、经济、美观的工程方案及全部施工图，比较麻烦的是要得到有关部门的批准，有时为了一个图章要跑几十次。

多年来，在学校领导关怀和同仁们的帮助下，通过学习和工程实践，我得到了锻炼、增加了才干，从不适应到适应基建管理岗位，较好地完成了学校交给我的任务。我也非常感谢学校的培养，感谢同事的帮助，有几点值得说说：

（1）党的十一届三中全会之后，华东纺织工学院重归纺织工业部领导，当时部里规定我院的办学规模为5 000人，为了适应学校发展，扩大校园占地面积和新建各类用房，在学校党委和行政领导下，于校园南侧东到铁路红线，南至安西路，西至上无三十厂的区域内，从1979年底到1986年左右，在我参与下分期分批新建近6万平方米动迁房，安置近700户居民，共征地175亩，除去安置等用地外，扩大校园面积108.5亩。

（2）我在主持学校基本建设工作期间共完成了教学科研、生活设施、职工宿舍、动迁安置等各类用房29栋，约15万平方米。在整个建设过程中值得一说的是，基建处全体工作人员为完成工程，从来没有完整地休息过一个暑期，不怕苦、不怕累，精神状态可嘉。和上海其他高校相比，在同类型房屋中我们的造价最低，而且在10多年的建造过程中，没有用过高价的水泥和钢材，这是高校中绝无仅有的。

（3）在我不主持学校基建工作后，由于情况熟悉，又有兴趣，我对延安路校区的各类新建和改扩建工程都有不同程度的参与，大家也认为我是基建的一员。

（4）松江新校区建设启动后，前一年半的时间内，我每天乘班车去工地上班，参加过新校区规划讨论和修改，并负责室外工程，如主干道环路、五座桥梁、上下水管线等工程项目，从设计到实施的协调。我也提出过一些加快进度节约投资的建议，如三座内桥请设计院改为箱涵桥，这样可以节约制桩打桩时间，又如主干道环路建议取消道路两边各4米的人行道和侧石使路面直接和绿化连为一体，这不仅节约投资和施工时间，使得道路建成后更简洁、美观，也更便于管理和使用。

（5）退休后也从未间断过对延安路校区新造和改扩建工程的参与。我曾和当时的领导谈过，我身体状况很好，80岁之前，你们人员紧，我可以负责具体项目。85岁之前，参加图纸和现场问题的讨论，也可以常去工地现场看看，85岁之后只参加讨论，不去工地现场查看。

（6）在我退休前后参加或参与学校的基本建设工作40余年，在完成那么多的工程建造中，既有成功之例，也有不少曲折和矛盾，可列举以下两例。

①延安西路和中山西路交界处多层立交工程移位。

这个多层立交工程原先的设想位置要占用我校1930弄4幢住宅楼、第九学生宿舍、留学生楼和餐厅整个地块，当得知消息后，经多次讨论对策，及时请该项目设计负责人到现场察看，汇报学校的困难，同时，建议将多层立交工程向北向东移至居民区，当然这样做会增加一些投资，但是解决了学校的办学困境，也会改善整个地区的环境。设计院讨论后，接受了我们的建议，将工程建为目前状况。

②留学生3号楼从7层改成18层。

这个大楼原来的设计方案是7层，10 000平方米，与市有关部门多次讨论修改过六稿，在快要定稿时，市规划局提出延安西路要扩宽，项目不能批。若这个楼不造会影响学校很多工作安排，于是我们改为18层，13 000平方米的方案，由于离第六宿舍的距离较小，新方案只能压延安西路规划红线（规定高层要离开红线5到8米），经多方努力，最后市规划局批准了我们的新方案。

到无锡校区任职

1993年底，无锡干部管理学院并入我校成为中国纺织大学无锡校区。1994年3月底，纺织总会人事司宣布我任校区校长。到任后，我边熟悉情况边努力使校区正常运行，当时总感到千头万绪，成天忙于应对。没几天，急人的事情来了，听说银行账户无款，可能付不了水电费，接下来也发不了工资，于是，只能向学校借款救急。不久，我去纺织总会有关部门请求帮助，才使1994年校区的事业费和基建投资有了结果，但是校区全年总支出的缺口仍然很大。

在校区发动教职员工狠抓学生课堂纪律和考场纪律，以稳定教学秩序，通过这项不花钱的工作，既能调动教师的积极性，也推动了并校工作顺利开展，使大家认识到校区要办好，只有提高教育质量，争取招收全日制学生才是出路。经过多次座谈分析校区现有的师资力量和办学条件，只要填平补齐一些不足，1994年是可以招收全日制学生的，问题是1994年没有招生计划。不久，经多方努力得到纺织总会和教育部有关部门的支持，到5月底确定了1994年校区全日制大专和成人大专的招生计划，大家都很高兴。

在校几十年的工作经验也让我深刻认识到确保教学质量是我们办学人对社会、对学生的责任，否则学校是不能生存的。为衔接新生进校，我们采取了一系列措施，如做好师资培训，落实各专业的课程设置、教学计划、教材及确定任课教师及筹措资金，分二批购进70台计算机，配备好两个计算机实验室，安装好学生用英语电台，为了适应社会需要，在全日制教学计划中大幅增加计算机和英语学时数。在这些措施落实的过程中，全校教职工积极性很高，都忙起来了，对校区发展增加信心，他们说"现在真正开始办大学了"。

新生进校后，我们召开全校区大会，除了总结工作外，明确学校的一切工作都是为了办好学校，提高教学质量和服务水平，并提出教书育人，管理育人，服务育人，环境育人的号召，改善了校区到处乱草的环境，建造了丁香紫薇等10个花园。校区多次被无锡市评为绿化先进单位、文明单位等。

1996年发生过两件事,一是江苏省组织高校在册学生统一考试计算机,内容有笔试和上机两部分,且规定学生上机考不得在本校进行,结果我校区获得无锡市高校生均分数第一;二是无锡市举行英语演讲比赛,参加对象规定为外资企业中方员工、中学教师、高校在册学生,比赛共设一等奖一名,二等奖二名,三等奖三名,比赛结果我校区获得一等奖一名,三等奖二名。这在无锡市引起很大反响。

在总校领导和校区师生员工的共同努力下,我们不仅完成了并校工作,也使校区初步走上了正规办学的道路,当然也扩大了中国纺织大学在无锡市的影响。

几十年的工作经历,让我深深感悟到,兴趣是最好的老师,任何一份工作只要认真去学、去钻研,就一定能干出新成绩、闯出一片天地来。我也非常感恩身边一起工作的同事和领导,有他们的支持和帮助,才有我的今天,才有我们为学校从华东纺织工学院到中国纺织大学到东华大学的发展贡献的机会。我衷心祝愿我们学校事业蒸蒸日上,祝福东华明天更辉煌!

38

陈政君：我对东华的前景充满信心

姓名：陈政君
学院部门：原上海纺专
出生年月：1941 年 9 月
退休时间：2001 年 9 月

我在校从事教学和教育工作 37 年，主要任数学教学工作。1987 年起任上海纺织高等专科学校（简称"上海纺专"）副校长。1999 年上海纺专并入东华大学后，我担任成教学院副院长并于两年后光荣退休。

努力做一名好老师

1977 年，恢复高校招生，由于当时教学各门课程的教师不多，自己除了先后担任"高等数学""线性代数""概率论和数理统计""拉普拉斯变换""模糊数学""离散数学""正交试验法"等课程授课教师外，还在上海数学学会组织的数学教师培训中开设"线性代数"课程，得到了上海数学学会的表扬。这些繁重的授课任务，既锻炼了自己，也为学校当时教学需要作出了一点贡献，我于 1979 年获得了"上海市先进生产（工作）者"的奖章。

1987 年起，我担任上海纺专副校长，主要负责学校的教学工作，推进学校的教学改革，进行培养应用型人才的探索，并于 1993 年获得上海市普通高等学校教育成果一等奖,为学校赢得了荣誉。由于自己在教育工作中探索,特别是在推进学校和企业的合作教育培养应用型人才方面做了一点工作,在1991年原国家教委成立高等学校产学合作教育协会时我被选为第一届常务理事,后来参加了不少全国性的产学研合作工作,为学校教育改革提供了帮助。

1995年,由于学校培养应用型人才有所成绩,我和黄汉平老师共同撰写的论文《探索高工专特色培养应用型人才》获得了中国高等教育学会高等工程教育研究会颁发的教育研究成果二等奖。

难忘纺专岁月

我从1964年9月参加工作,直到2001年9月退休,大部分职业生涯都是在上海纺专度过的。学校创建于1959年,位于中山公园附近的长宁路1187号,隶属于上海纺织工业局管理,学校设四系二部(纺织工程系、服装艺术系、纺化工程系、机电工程系和基础部、社会科学部),开设棉纺、棉织、毛纺、毛织、印染、化纤、机械、电气、丝绸、针织、美术图案等专业。学校在办学过程中,注重与工厂合作培养应用型人才。1993年10月,服装专业被原国家教委确定为第一批全国高专教学改革试点专业。1999年8月30日,按照中华人民共和国教育部要求,上海纺织高等专科学校并入中国纺织大学(现东华大学),全部师生也都融入了东华大学(简称"东华")大家庭了。

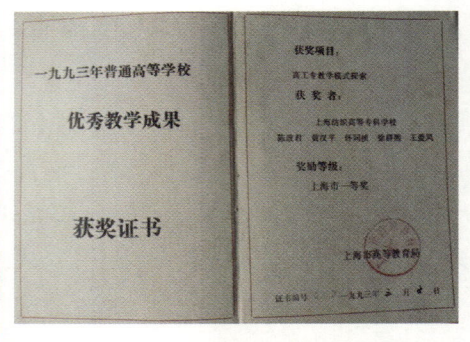

对东华的发展充满信心

现在东华发展很快,成立了很多新的学院,开办了一些契合当今科技发展方向的新专业。我是研究数学的,数学学科方面东华发展也很快,数学学科的对外应用开拓得很好。东华大学办学历史比较悠久,1951年建校。当时上海的纯工科院校只有三个:一是东华大学,原来叫华东纺织工学院;二是叫华东化工学院,现在的华东理工大学;三是同济大学。这三个是工科类型的,因为国家重视,现在又有一些新的工科学校。从中可以看出,东华的工科特色还是比较明显的,在70多年的办学过程中,积累了未来发展的底气。

原来东华大学是以纺织为主的,现在东华大学已经发展到多学科,理、工、文都有了,东华大学保持了明显的学科特色。我们有一个材料学院,材料学科是很有前途的,从我们国家来说,材料里新材料的研发是很重要的,譬如说航空航天里面有很多是新的材料,譬如现在卫星返回大气层时要经历高温,能不能搞一个防高温的烧不坏的外壳?这就是一个大问题,假如你能够把保温材料搞得更好的话,那么这个问题就解决了。东华大学的材料学科原来主要是纺织材料,如棉毛丝麻和化学纤维。现在材料研究的领域拓宽以后,东华大学的发展也有了广阔的空间。

陈政君：我对东华的前景充满信心

寄语青年学子

青年学生应该养成喜欢读书、喜欢钻研的习惯，而不是仅仅为了工作，有了这些专心致志的精神，应该就不用担心难找工作了。

大家一定要重视基础理论的学习。习近平总书记提出要加大加强基础教育，就是因为基础理论教育很重要，国家要富强，就是搞理工科，没有理工科，国家没有办法富强。

要重视实习实践。同学们学的专业不一样，但大家来到上海了，这里的国际化的企业多，高科技产业强，大家可以争取很多实习实践的机会。

青年人现在身处最好的时代，希望年轻人看准国家的需要，学好自己的专业，把国家的需要、民族的需要作为自己的终身使命。我觉得你们这些大学生将来是很有前途的，但是一定要考虑的是，为了国家的需要学好专业，这很重要。新中国刚成立时搞了"两弹一星"，这些科学家隐姓埋名在沙漠里面艰苦工作几十年，把我们国家"两弹一星"搞出来了。没有"两弹一星"，国家就强不起来，硬不起来。你们青年人生活在最好的时代，但是希望你们一定要看准国家的需要，把国家的需要，民族的需要作为自己的终身使命。一个国家没了，你到什么地方都是任人欺辱，一个国家强了，你到什么地方都能挺直腰杆子。因此国家要想强大，就需要重视科技，特别是战略性的高科技一定要发展，一个国家强不强，就是看这一个。